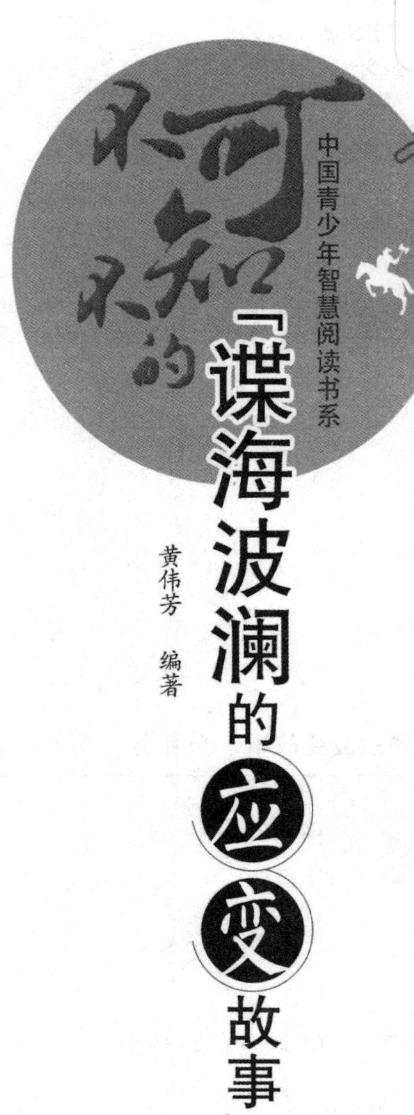

中国青少年智慧阅读书系

不可不知的「谍海波澜的应变故事」

黄伟芳　编著

黑龙江少年儿童出版社

图书在版编目(CIP)数据

不可不知的 谍海波澜的应变故事 / 黄伟芳编著. --
哈尔滨 : 黑龙江少年儿童出版社, 2012.5(2023.1 重印)
(中国青少年智慧阅读书系)
ISBN 978-7-5319-3079-2

Ⅰ. ①不… Ⅱ. ①黄… Ⅲ. ①故事-作品集-世界
Ⅳ. ①I14

中国版本图书馆 CIP 数据核字(2012)第 082466 号

不可不知的 谍海波澜的应变故事 / 黄伟芳 编著

出 版 人:张 磊
策 划:宗德凤
责任编辑:李春琦
美术编辑:梁 毅
绘 画:张富岩
责任印制:李 妍 王 刚
出版发行:黑龙江少年儿童出版社
(黑龙江省哈尔滨市南岗区宣庆小区 8 号楼 150090)
经 销:全国新华书店
印 装:北京一鑫印务有限责任公司
开 本:720mm × 980mm 1/16
印 张:10.5
书 号:ISBN 978-7-5319-3079-2
版 次:2012 年 5 月第 1 版
印 次:2023 年 1 月第 2 次印刷
定 价:38.00 元

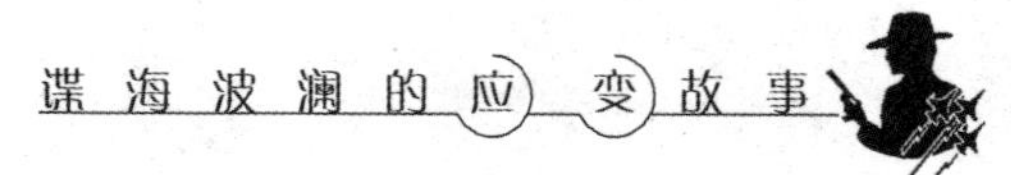
谍海波澜的应变故事

目录

“多面间谍”子贡

春秋时期，孔子周游列国，到了卫国的时候，他听说齐国大臣田常有意发动政变，但又担心高、国、鲍、晏这四家从中阻挠而无法成功，于是就想用计使他们借兵攻打鲁国。

孔子身为鲁国人，心中自然记挂着故国安危，于是就召集了他的弟子们，说道：“鲁国是我们的父母之国，如今鲁国有难，我们怎能坐视不顾！谁愿意做使者去救鲁国于水火之中？”子贡主动请命，孔子答应了。

子贡先是去了齐国，对这件事的始作俑者田常说道：“攻打鲁国绝非易事，你这个决策实在是失策！”田常很奇怪，问道：“鲁国为何难以攻打？”子贡回答说：“鲁国属地狭小，城池薄弱，国君愚蠢不仁，大臣贪生怕死，所以最好不要攻打他们。若是攻打鲁国，不如去攻打吴国，吴国城墙牢固，士兵英勇善战，兵器一应俱全，又有良将贤士，攻打起来应该不难。”

田常一听，非常生气：“你简直是颠倒是非，神志错乱！你给我这样的建议，到底是为了什么？”

子贡说道：“我听说你先后三次想受册封，但却都遭到朝中大臣的反对，如今你想通过伐鲁来使众人信服，但战胜的结果只会使齐王更加跋扈，大臣更加放肆，你的功劳却没人记得。到时候你想发动政变可就更难了。想一想吧，如果齐王越来越不重视你，你与众臣又有嫌隙，你的处境可就越发危险了。所以不如改为攻打吴国。一旦失败，大批将士战死沙场，有能力的大臣也不得不赶赴前线支援，到时候齐王既没有士兵可以调动，也没有良将为他出谋划策，大权不正好落到了你的手里吗？”

听子贡这么一说，田常抚掌大赞，说道：“真是高招！但话虽这么说，可我如今已经发兵到鲁国了，如果贸然下令移兵吴国，大臣们不会怀疑我吗？我又该怎么办？”

子贡说：“这个不必担心，你可以先按兵不动，我去劝吴王来攻打齐国，到时你不就可以光明正大地迎战了吗？”

离开齐国之后，子贡又来到了吴国，拜见吴王："如今兵强马壮的齐国正在讨伐势力微弱的鲁国，想与吴国争霸。大王难道不担心吗？我建议大王去支援鲁国，此举不但能使吴国在诸侯国中获得好的声誉，甚至还能从齐国那里得到不少好处，而且一旦打败齐国，一向与吴国为敌的晋国也必将受到威慑，可谓一箭三雕。"

吴王听了子贡的话，深以为然。但吴国之前与越国曾经有过一次激烈的交战，把越王勾践围困在了会稽，所以，吴王夫差担心一旦出兵救援鲁国，后方兵亏，越国就会趁机来袭，于是决定先去攻打越国，以绝后患。

子贡却劝道："万万不可攻打越国，我可以去劝说越王，让他派兵与你一起讨伐齐国，这样，即使越王有意作乱，也是心有余而力不足了。"

吴王听了以后非常高兴，就派人把子贡送往越国。越王早就听说子贡要来，于是为他安排好住处，还亲自到城郊去迎接他。

"我们越国地处偏远，夫子来这里难免舟车劳顿，不知是为了什么事而来？"子贡说道："我劝吴王对齐国出兵，他对我的建议非常感兴趣，但却害怕按照我说的去做以后，你会抄他的后路，所以打算先来征伐越国。所以我特意前来告诉你，使你能够提前有所准备。"

越王一听，立刻向子贡作揖表示自己的谢意："我以前不自量力与吴国为敌，反被困在了会稽，如今想起这件事来依旧觉得痛彻心扉，每天都想一雪前耻，想跟吴王拼个你死我活。依夫子看来，我究竟能不能复仇？"

子贡沉思片刻，说道："吴国连年征战，士兵疲乏不堪，百姓生活动荡。伍子胥因为苦心劝谏而被害死，伯嚭掌权却一心只图私利，凡事都顺着吴王之意，不但祸国殃民，还导致大臣们怨声载道，纷纷有了二心。依我看来，这正是大王你报仇的好机会。今日大王如果能够发兵帮助他攻打齐国，奉承他，让他解除戒心，他必然会伐齐。如果他兵败而归，那么大王你就可以适时攻打吴国。如果他打赢了，盛喜之下，必定会出兵威胁晋国。到那时，我可以北上去拜见晋王，劝他出兵与你一起攻打吴国。那个时候，你就可以一举击败吴国，一扫前仇旧恨。"

越王觉得非常好，于是接受了子贡的计策。

之后，子贡重返吴国，对吴王夫差汇报说："我已经把大王的话传达给了越王，他非常害怕，说：'我以前不自量力得罪了吴王，战败受辱，被困于会稽山，国家因此衰败不堪。多亏吴王仁慈，才能使我重返故国，这种大恩没齿难忘，怎么还会有其他企图呢？'"吴王夫差听了以后终于放下心来，于是依照子贡的计策出兵攻打齐国。

几天后，越王就照子贡说的发兵帮助吴王伐齐，还赠送吴国很多精良的铁甲、长矛和宝剑。吴王看到那些兵器后非常高兴，于是更加投入兵力全力攻打齐国。

子贡又马不停蹄地赶往晋国，对晋王说："如果不事先定好对策，形势一旦突变就会措手不及，难以应付。现在齐国与吴国正在交战，吴国如果打赢了，一定会趁势攻打晋国。"

晋王一听，心里非常紧张，立刻请教子贡该怎么应对。

子贡回答说："加紧训练军队，严阵以待。"晋王采纳了子贡的建议。

子贡回到鲁国后，吴国果然伐齐成功，以得胜之师攻打晋国，就这样，吴、越、晋、齐陷入了一片混战之中，而鲁国却得以保全。

炼智

孙子兵法中说道："故用间有五：有因间，有内间，有反间，有死间，有生间。"子贡充当的就是"生间"，也就是能亲自报告敌情的间谍。作为"多面间谍"，子贡在四国间纵横捭阖，四面挑拨，使各国陷入他设计好的连环套中，掀起了一阵阵腥风血雨，却达到了保全鲁国的目的。

悟理

子贡四处游说，只因为怀有一颗拳拳的爱国之心。作为一个亘古不变的话题，爱国的精神随着历史车轮的不断转动，早已沉淀为一种厚实的文化。我们应该继承这种优良的传统文化，把对国家的热爱牢牢地放在心中，时时以国家繁荣发展为己任，勇敢肩负起建设祖国的光荣职责。

李牧之死

李牧、王翦都是春秋战国时期的著名将领，与廉颇、白起一同被称为战国四大良将。李牧善于指挥骑兵，精通机动化作战，王翦作战稳扎稳打，且作战谨慎。这两个人在战场上遇上了，那就是"棋逢对手，将遇良才"。

公元前 229 年，秦王嬴政派王翦去讨伐赵国。赵王闻听战讯以后，大惊失色，立刻派人迎战。李牧当仁不让地承担了这一重任，与司马尚共同抗敌。秦赵两国在战场上是老对手，因此，一上战场，将士们纷纷奋勇杀敌，毫不手软。几番厮杀下来，双方都是死伤无数，但秦军的攻势总算是被暂时阻止了。

秦王原本打算一鼓作气，一举攻破赵国边境，但没想到李牧用兵如神，在半路上把他们拦截了下来。气急之下，秦王向深谙军事策略的尉缭问计，尉缭想了想，回答说："王翦与李牧同为名将，水平不相上下，单凭战场上硬打肯定很难取胜，我们不如运用一些计谋。"

秦王问道："依你之见，应该用什么计谋？"

尉缭于是建议秦王派秦朝的谋臣王敖前往赵国，利用反间计来除掉李牧。秦王深以为然，采纳了这个计策。

其实，早在王翦讨伐赵国之前，秦王就曾经命令王敖以商人的身份携带着黄金来到赵国的都城邯郸，收买赵国的高官、权臣，进行反间活动。王敖知道酒肆里经常会出现那些高官的身影，于是就经常出入酒肆，寻找策反的对象。有一次，他在酒肆里认识了赵国宰相郭开的随从，于是就奉上了黄金美酒，博得了这个随从的欢心，

随从就顺水推舟地把王敖介绍给了自己的主人郭开。

王敖带着许多金银财宝去拜见郭开，对他说：“我是一个生意人，想在贵国落脚，做点小生意，希望相国大人能够多多关照。”说完，就献上了三千两黄金。

郭开本是一个见利忘义的小人，看到王敖献上的黄金，眼睛都直了，于是就欣然收下了，还专门设宴回请了王敖。

就这样，王敖和郭开就攀上了关系。从此以后，王敖经常带着贵重礼物来探访郭开，而郭开对这个“摇钱树”也十分欢迎。在王敖的金钱攻势下，两个人的关系越来越密切。

一天，王敖在郭开家里开怀畅饮，王敖装作无意地问郭开：“依相国大人看，如今天下最强的是哪个国家？”

郭开想了一会儿，说道：“当然是秦国。如今秦国国富民强，其他国家都无法与其相比。”

“现在秦国已经灭了魏国，赵国恐怕是它的下一个目标。如果赵国不幸被秦国所灭，相国大人有何打算？”

郭开叹了一口气，说道：“如果真有那么一天，我也别无他法，只好投奔齐国或者楚国。”

王敖看时机已经成熟，于是就公开了自己的身份，对郭开说道：“现在秦国的形势一片大好，统一天下指日可待，用不了多久，齐、楚、燕、韩、赵等国都将步魏国之后尘，被秦国所灭，相国大人不如投靠秦国。秦王早就知道你才是掌握赵国权柄的人，因此特地派我来与你结识，那些金银财宝都是秦王送给你的。如果你愿意为秦国效力，等赵国亡了以后，你到秦国，秦王还会赐你上卿一职。你觉得如何？”

郭开一听，脸上立即露出了欣喜的表情。王敖趁机又拿出了七千两黄金给他，说：“秦王赠你万两黄金，可见待你不薄，以后若有事，必定会来找你，还希望你能够竭诚帮忙。”

郭开看到黄澄澄的金子，早就失去了理智，信誓旦旦地说道：“秦王如此待我，日后我一定会想尽办法报答他。”

就这样，堂堂的赵国宰相就成了秦国的间谍。

这次王敖再度前往赵国，已经是轻车熟路了。在此之前，他先来到王翦的军中，与王翦秘密商谈，让王翦派手下去和李牧议和，但是不能订立和约，只要互派使者就可以。王翦按照他的计策开始行事。秦军派去的使者表明自己的意图以后，李牧想了想，同意了。因为李牧也正想借着这个机会去侦查秦国的军情，如今王翦先派使者前来正好中了他的下怀。

接着，王敖又潜入赵国，与郭开秘密会面，告诉他应该如此这般。郭开于是按照王敖的指示，对赵王说："李牧和司马尚手里握着重兵，两个人打算造反，现在正在和秦军议和。有人说他们已经和秦国达成了协议，只要他们缴械投降，秦王就会重赏他们，给他们封地和黄金。现在他们在战场上虽然有胜有负，但这都是双方故意做出来给大王你看的假相罢了。"

赵王对郭开的话信以为真，立刻派赵葱、颜聚两个人去替换李牧和司马尚，李牧认为自己并没有什么过错，因此拒不受命。赵王得知这个消息之后，更加确信李牧有造反之心，就派人设下了一个圈套，抓住了李牧并且杀害了他。

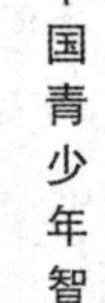

李牧被杀，秦国借赵王之手除掉了一个心腹大患。王翦趁机开始进攻赵国，赵葱、颜聚根本不是他的对手，赵国的部队连吃败仗。因此王翦率领部下一路势如破竹，所向披靡，只用了三个月的时间就打到了赵国的都城邯郸，俘虏了赵王，赵国从此灭亡。

赵国灭亡以后，郭开果然装载了几十车的黄金珠宝投奔秦国，可是刚刚走到半路，就被李牧的部下拦下，将他一剑刺死，为李牧报仇雪根了。

炼智

秦朝之所以能够统一六国，建立中国历史上第一个中央集权国家，除了秦王的励精图治之外，善于使用反间计也是一个非常关键的要素。从李牧被王敖用反间计除掉这一事件，我们就能看出秦国进行间谍活动的主要手法：先是用金银财宝收买他国当权的高官，再借助高官进行离间，使忠臣良将不受重用甚至被杀，为秦国统一大业除掉一个又一个拦路虎。

孟子曾经说过：“富贵不能淫，贫贱不能移，威武不能屈，此之谓大丈夫。”无论是金钱地位，还是贫苦穷困，抑或是权势武力，都不能改变自己的志向，这就是气节。人要有气节，一生才会堂堂正正。

淝水之战

魏晋南北朝时期，中国陷入了分裂割据的混乱局面。北方有十六国，南方宋、齐、梁、陈等政权也不断更迭，国与国之间连年征战，战争的阴影长期笼罩着神州大地。

随着战争的频频爆发，间谍们有了用武之地。当时，小到一个乡镇的争夺，大到一个王朝的覆灭，都有间谍的身影，他们发挥着重要的作用，甚至会对一场战争的胜负产生决定性的影响。前秦与东晋之间的淝水之战是中国历史上著名的"以少胜多"的战例，但是，也许你并不知道，这场战争之所以会出现如此的局面，实际上是被一个间谍所左右的。

苻坚是前秦的统治者，他在位的时候野心很大，一心想对东晋出兵，想要一举灭掉东晋，扩大自己的地盘。然而，大臣们却并不支持他的野心，因为当时的东晋经济发达，军事力量强大，而且还有长江作为自己的天然屏障，以前秦的实力要攻打东晋是非常困难的。

但是苻坚却不以为然，他把大臣们的忠言劝谏都当成了耳边风，自大地以为自己人马众多，一定能取胜，还骄傲地宣称："我们有这么多士兵，每个人都把自己的鞭子投到长江里，就足以让长江断流！"这就是成语"投鞭断流"的来历。

公元 383 年 8 月，一意孤行的苻坚亲自率领九十万大军从长安出发，向东晋的都城建康进发，千里迢迢讨伐东晋，试图一举攻灭偏安东南的东晋。

消息很快就传到了东晋，在东晋王朝生死存亡的危急关头，丞相谢安站了出来，决意带领将士们奋起抵抗，保卫自己的国家。

然而，前秦军声势浩大，势如破竹，很快，就攻破了淝水河边的军事重地寿阳。东晋军被逼无奈，只好退守到硖石。当时的形势对于苻坚非常有利，前秦兵强马壮，士气高昂，东晋军队根本不是对手。只要他一鼓作气，也许用不了多长时间就能成功地攻下东晋。然而，此时苻坚的一个决定却在一瞬间改变了历史的走向。

苻坚听说先锋部队已经攻下了寿阳，欣喜若狂，于是就派尚书朱序到东晋军大营去劝降。苻坚原想不战而屈人之兵，却没想到，这一步棋竟然导致了自己最后的失败。朱序原来是东晋的一名将领，负责镇守襄阳。公元379年，前秦的军队攻打襄阳，围攻了好几个月才把襄阳城拿下，朱序因此被俘。苻坚认为朱序在危急时刻依然能够坚守襄阳，十分忠诚，是个可用之才，不但没有处罚他，还任命他为前秦的尚书。朱序虽然心有不甘，但作为降将，也没有第二条路可走，于是就归顺了前秦。

但朱序“身在曹营心在汉”，尽管成了前秦的尚书，对东晋始终还有一份感情。这次苻坚派他去劝降，恰好给了他一次尽忠东晋的机会。朱序到了东晋军中以后，不但没有劝他们投降，反而还倒戈一击，向东晋将领透露了前秦军队的一些情况，并且给了他们一些建议：“现在秦军的各路人马还没有完全集结，所以晋军还有机会。一旦等到他们全部集合到一起，实力就会更加强大，恐怕到那时，晋军就难以抵抗了。因此，要想打败秦军，应该利用现在的有利时机尽快发起反攻。只要晋军能够一鼓作气地打败秦军的前锋部队，使他们的锐气受挫，秦军就会一下子崩溃。”

东晋方面原来以为前秦兵力强大，本想采取坚守不战的策略，等到敌人疲惫之后再寻找机会进行攻击。听了朱序的分析以后，就改变了作战方针，决定放弃防守，转为进攻，主动攻击前秦部队。就这样，被派去劝降的朱序竟然成了东晋“卧底”前秦的最好间谍。

后来，东晋派兵夜袭前秦军队，东晋军一鼓作气势如破竹，斩了前秦的一员猛将。俗话说，“擒贼先擒王”，前秦军队失去了主将，一下子陷入了混乱之中，士兵们无心恋战，纷纷四散而逃，东晋军乘胜追击，打得前秦军先锋部队失去了反抗能力。

前线溃败令苻坚大吃一惊，他没想到自己的精锐部队竟然被东晋军打得落花流水，这时，他才意识到自己低估了东晋的实力。前秦军战败的消息不断传到苻坚的耳朵里，让他寝食难安。一次，他带领自己的手下登上寿阳城楼，观察东晋军的动静，山上的草木随着大风飘飘摇摇，苻坚竟误以为那是东晋兵，吓得心惊肉跳，人们就戏称之为“草木皆兵”。

前秦虽然吃了败仗，但论兵力，仍然超出东晋军几倍，因此，东晋军要想打赢，只能速战，不能拖延。于是，东晋派了一个使者到寿阳城，找到苻坚的弟弟苻融，对他说：“秦军想要一举灭了晋军，却停留在了淝水一线，迟迟都没有什么行动，难道是被晋军吓坏了，不敢再出兵了吗？”苻融一五一十地把东晋使者的话报告给了苻坚，苻坚一听，一下子被激怒了，于是决定跟东晋军决一死战。

决战的那天，前秦军局面非常混乱。前秦军里的鲜卑族、羌族和汉族士兵，一心希望摆脱氐族的统治，因此巴不得前秦吃败仗。朱序察觉到了士兵们的厌战心理，趁机在前秦军中大喊：“秦军败了！秦军败了！”士兵们一听，也不去分辨究竟是真是假，全都扔掉了兵器，四散逃窜。没等东晋军来打，前秦军自己先相互践踏死伤无数。后来，东晋军乘胜追击，前秦军的残部日夜不停地逃跑，听到呼呼的风声和野鹤鸣叫都以为是东晋军来了。这就是“风声鹤唳”的由来。逃到洛阳的时候，九十万前秦军只剩下十几万。

炼智

淝水之战中，前秦军之所以会失败，虽然有苻坚骄傲、轻敌和失去人心的缘故，但朱序倒戈向东晋提供秦军的真实情报使晋军及时调整作战方针也是一个重要原因。等到战争进入尾声的时候，朱序潜伏在秦军中扰乱军心，更是把前秦军推向了失败的深渊。像朱序这种忠诚而又有才能的人，苻坚没有加以提防，反而还放虎归山，让他去劝降，为他充当东晋军的间谍提供了机会，实在是大错特错。

朱序之所以甘愿成为东晋军的间谍，正是出于对东晋的忠诚。富兰克林说过：“如果说生命力使人们前途光明，团体使人们宽容，脚踏实地使人们现实，那么深厚的忠诚感就会使人生正直而富有意义。”忠诚给我们的人生赋予了意义，在这片土壤上盛开的是世界上最美丽的花朵。

李元昊失利间谍战

公元960年，后周节度使赵匡胤在陈桥驿发动了一场兵变，由此建立了宋朝，也就是历史上所说的“北宋”。北宋虽然使中国实现了统一，但当时还有两个王朝与北宋长期对峙，一个是由契丹族建立的辽国，一个是由党项族建立的西夏国。伴随着这种长期对峙而产生的是此起彼伏的间谍战。

西夏皇帝李元昊善于用间，曾经对北宋进行过多次间谍活动。比如他曾经派伪装成商人的间谍潜入北宋，侦察各处山川地势、虚实之况；多次派使节到北宋，打着献贡、取经的旗号，实际上干的却是搜集北宋情报的工作。不仅如此，李元昊还把间谍的触角深入到了北宋的宫廷之中。当时北宋的宫女到了一定年龄以后，就会被放出宫去，自谋生路。李元昊就派人用重金收买这些宫女，向她们打探北宋的宫廷秘事。通过这些宫女们透露的情报，李元昊对于宋朝的朝廷机密、军事力量和对外关系了如指掌，还逐渐掌握了北宋对自己的态度。可以说，李元昊之所以能称帝，建立西夏，走上与北宋抗衡之路，在很大程度上得益于间谍的情报。但是，李元昊怎么也没想到的是，精通间谍战的他有一天竟然会败在间谍手里。

公元1042年，西夏的两员大将野利旺荣与野利遇乞想出了一个计谋：命令自己的三个手下乔装打扮成困苦不堪的逃兵，逃到西夏和北宋相交的边境，假意向北宋军队投降，然后潜伏在北宋军中伺机获取情报。当时，守城的北宋将领是种世衡，他虽然早就识破了这其中的诡计，但却仍然对这三个人以礼相待，并且还授予他们监督商税的官职。为了让野利兄弟对他已经“中计”信以为真，种世衡还经常与这三个人一起骑马同行，表现得非常亲密。野利兄弟得知以后，窃窃自喜，殊不知自己已经钻进了种世衡的陷阱里。

种世衡的麾下有个将领叫做王嵩，以前在紫山寺出家为僧，他对西夏的地势非常了解，每次行军打仗都会给种世衡当向导，从没出过一次纰漏，种世衡对他非常信任。于是，种世衡派他前往西夏去拜会野利兄弟。到了野利兄弟营里，穿着袈裟的王嵩向他们献上了种世衡的密信——一根枣树枝和一幅乌龟图。

野利兄弟都是粗人，看到这两件东西之后，真是丈二和尚摸不着头脑。于是，王嵩就为他们解释道："枣树枝为'早'，乌龟图为'归'，我家将军希望你们能够'早归'，早日归顺我大宋朝廷。"

种世衡正是借这两样东西来陷害野利兄弟，表明他们早就与自己私下有往来，建立了密约。野利兄弟听后大发雷霆，于是问王嵩有没有什么信件，王嵩小心翼翼地左看看、右看看，然后回答道："没有。"

为了表示自己的清白，野利兄弟一刻也不敢耽误，马上把王嵩押送到了李元昊面前。李元昊一看，这件事可了不得！一定得好好审一审这个人。于是就派人把王嵩带到了数百里之外的野外，对他进行严刑拷打，逼问他到底有没有信件。王嵩虽然已经被折磨得体无完肤，但仍然坚持说没有。李元昊气急败坏地命令自己的手下用蘸了盐水的皮鞭继续狠狠地抽打王嵩，王嵩仍然不松口。李元昊见怎么也撬不开他的嘴，只好把他暂时关押了起来。

过了几天以后，李元昊又把王嵩秘密召到了自己的宫中，再次逼问他，并且威胁道："如果你这次还不说，那么，我只能将你处死了！"王嵩仍然一脸倔强地站在一边，一句话也不说。李元昊大怒，于是下令把他推出去斩首。这时，王嵩终于忍不住号啕大哭了起来："我名如浮云，死不足惜，可惜的是，我竟然没有完成将军托付给我的大事，日后在黄泉下也无脸见将军！"

李元昊一听，心想看来这次有戏了。于是就赶紧让人把他拖了回来，继续询问他，并且还许诺赏给他享不尽的荣华富贵。这时，王嵩才撕开了自己的衣服，从里面

的夹层里取出了一封用蜡丸密封住的信。

李元昊接过来后，迫不及待地拆开，只见信上写着："上次所派三人已经到了我军中，知道大王(指的是野利二兄弟)早就有归顺我北宋的殷切之心，朝廷对此十分感念，因此册封大王为夏州节度使，每月可享俸禄万缗，授令已经下发到我这里，还望大王早日归顺，与我携手共除元昊叛贼。"

李元昊看了以后，大惊，怒道："这是你们使的反间计吗？想来挑拨我们？"

王嵩说道："早就听说西夏人狡猾多端，如今看来，果不其然，要不是野利大王先派三个手下来与种将军洽谈归顺之事，种将军也不会派我来冒险做这种事。"

李元昊听了以后，惊疑不定，于是暗地里派间谍冒充野利的使者到种世衡那里去接洽。

种世衡知道他们是李元昊派来试探自己的间谍，于是将计就计，对使者十分优待，还与他们约好了归顺日期。

间谍回到西夏以后，把在北宋的经过一五一十原原本本地告诉了李元昊。李元昊果然中了计，立即杀了野利旺荣，把野利遇乞投入了大牢里。

种世衡看离间计成功了，于是又生出了另外一计。他命令手下在边境上设立了一个祭坛，在墓碑上写了一篇慷慨激昂的悼文，深切哀悼野利旺荣。西夏骑兵看到有人在边境烧纸，于是就赶来察看，种世衡故意仓皇逃走，把写着祭文的墓碑遗落在了边境上。西夏骑兵把墓碑带给李元昊看，李元昊勃然大怒，于是又把野利遇乞杀了。

就这样，种世衡不费吹灰之力就使李元昊失去了左右手野利二兄弟。李元昊由此元气大伤，不得已之下，只好放了王嵩，让他携书回去禀报种世衡，说自己愿意与宋朝议和，从此化干戈为玉帛。

种世衡用一招“将计就计”，使李元昊折损了两员大将，轻松地避免了一场浴血之战。种世衡用间的独到之处是他充分利用了对方派来的间谍，并在与离间对象关系亲密的亲信上下了很大的功夫，然后再把矛头直接指向离间对象本身，从而达到了事半功倍的效果。

“宁做太平犬，不做乱世人。”战争只会给世界带来流血、牺牲和死亡，联想到那些战火连天的日子里人们所经受的痛苦与无奈，我们才会意识到和平的可贵，才会更加珍惜今日的幸福生活。

最后半分钟的奇迹

舞厅的空气中弥漫着令人心醉的香气，水晶灯把整个大厅照得美轮美奂。突然，灯光变暗，伴随着激扬的乐声，一个曼妙多姿的女人从远处舞了过来，她飞快地旋转着，衣裙也随之飘舞。她顾盼生辉，眉目含情地看着周围的男士们，似乎在寻找着猎物……

这就是玛塔·哈莉。这位来自荷兰小镇的姑娘在经历了一场灾难性的婚姻后，来到了浪漫之都巴黎，开始过起了醉生梦死的生活。由于舞姿超群，她很快就成为巴黎炙手可热的明星。玛塔·哈莉在塞纳河畔购置了一处豪宅，豪门贵族们蜂拥而至，在此彻夜狂欢。

但这位舞蹈女皇的追求者们都不知道，他们心目中的女神其实是一名德国间谍。她利用美色、舞技和智慧引诱法国的军政要人，从他们身上骗取军事机密，再把情报传递给德国的情报机构。

1915年，第一次世界大战到了最残酷的时刻，协约国和同盟国双方共有数百万人投入这场厮杀，为了取得战争的主动权，英法两国正在研制一种新式武器——坦克。德国情报机构立即全力搜集情报，不久，他们获得了一个信息："英-19"型坦克的设计图存放在法军统帅部高官摩尔根将军家的金库中。德军情报部命令玛塔·哈莉去窃取此图。

玛塔·哈莉得知摩尔根将军丧妻多年，于是就以给老情人法国海军部长庆祝生日的名义举办了一场舞会，并且央求海军部长把摩尔根请来。舞会上，玛塔·哈莉打扮得妖娆多姿，成为全场的焦点。摩尔根也被她吸引了，主动邀请她与自己共舞。

舞会结束以后，摩尔根迷上了玛塔·哈莉。他朝思暮想，希望能与她进一步发展。玛塔·哈莉知道自己的“美人计”已经成功了一半，就主动接近他，把他变成了自己的裙下之臣。为了与玛塔·哈莉日夜厮守在一起，摩尔根还把她带到了家里，与她过起了同居生活。

进驻摩尔根家的玛塔·哈莉开始利用一切机会寻找金库的位置，但是却始终没有找到。她在缱绻缠绵之时不动声色地诱导摩尔根，希望从他口里获得金库的点滴信息，令她失望的是，虽然摩尔根已经被她迷得神魂颠倒，但却仍然守口如瓶。

就在玛塔·哈莉快要绝望的时候，出现了转机。一天，玛塔·哈莉在书房里到处搜寻，无意中发现金库竟然就在一张油画后面！

她压抑着内心的惊喜，把油画小心翼翼地取下，一个密码盘出现在了她的面前。密码是什么？玛塔·哈莉又遇到了一个难关。

她趁着摩尔根不在的时候偷偷在他的衣袋、抽屉和公文包里翻找，希望能找到有关密码的蛛丝马迹，但是都以失败告终。

正当玛塔·哈莉为此绞尽脑汁的时候，德国情报部发来电报：“据可靠消息，金库密码是六位数，事情紧急，你必须在 24 小时之内将情报送出，不得有误。”无奈之下，她决定当晚就采取行动。

吃晚餐的时候，玛塔·哈莉悄悄地在摩尔根的酒杯里放入了安眠药。摩尔根毫无察觉，一饮而尽，马上就酣睡起来。

玛塔·哈莉小心翼翼地走进书房，开始尝试密码。她先试了之前猜测的一些数字，但都不对。之后，她开始碰运气，随机拨六个数字尝试。六位数字，151200 个组合，要碰对那个密码简直是大海捞针。很快，她的手指就麻木了，胳膊也酸痛不堪。

正值午夜，周围一片安静，连针落地的声音似乎都清晰可辨。玛塔·哈莉筋疲力尽地跌坐在地上，懊恼地看着密码盘，绝望得想痛哭一场。

就在这时，隔壁女仆的房间传来了一些声音，女仆已经起床打扫卫生了！玛塔·

哈莉顿时紧张起来：绝对不能让女仆看见自己在书房，否则就前功尽弃了！她疲惫地站了起来，打算放弃这次尝试了。

但是她一点儿也不甘心："再试试，还有没有其他办法。"突然她想到摩尔根曾经对她说："我的记性真是越来越差了。"玛塔·哈莉想："既然如此，一般的六位数密码他可能记不住。如此看来，他很有可能会把密码藏在离金库不远的地方，这样，当他想开库门的时候随时都能得到提醒。"

想到这儿，玛塔·哈莉顿时激动起来，她认真地环视金库四周，突然间，她的脑子里灵光一闪，视线被墙上的老式挂钟吸引住了——时间与数字不是紧密相连的吗？现在已经快要天亮了，可是这钟的指针为什么却停在9时35分15秒？

这个钟原来是坏的。她记得自己曾经问过摩尔根为什么不把钟拿去修？摩尔根

回答说，根本没必要。他当时的表情有一丝怪异，虽然消纵即逝，但却被身为间谍的玛塔·哈莉敏锐地捕捉到了。密码一定与坏钟有关！ 9时35分15秒，不是93515吗？

可是她高兴得有些早了，93515只有五位数字，不是六位。还是不对！时间一秒一秒地流逝，女仆已经走进了隔壁房间开始收拾了起来。玛塔·哈莉知道时间紧迫，于是死死盯着挂钟，苦苦思索。

忽然间，她想起摩尔根经常在晚上的时候把自己锁在书房里看书，他很可能就是在这时打开金库。9时不就是21点吗？这就是密码！

玛塔·哈莉一个箭步走到了金库前，颤抖着拨出了213515，只听"咔嚓"一声，金库打开了！

玛塔·哈莉迅速找到"英-19"坦克的设计图，掏出微型照相机拍好，然后飞速地把文件放回原处，走出了书房。她刚走到走廊的另一边，就听到女仆从隔壁房间走出来进入了书房。

玛塔·哈莉在"最后半分钟"里创造了奇迹！

后来，213515成为世界间谍史上的一组传奇数字。玛塔·哈莉的这种急中生智，也被称为"哈式急智"。直到现在，世界不少间谍学书籍，还把"哈式急智"列为间谍的重要技巧。

玛塔·哈莉之所以能找到正确的密码，是因为她善于观察和推理。在平常生活中她认真地搜集每个可能有用的情报，并对它们进行分析，而且她还能够细心地从摩尔根无意之间透露的小细节中找到与密码有关的蛛丝马迹，最终精确地推断出了真正的密码，从而及时完成了任务，拿到了情报。

很多人常常哀叹自己为什么总是与成功失之交臂，其实正是因为他缺乏一双善于观察的眼睛。机遇总是隐藏在一些微不足道的细节之中，马马虎虎的人即使看到了也毫无感觉，更别谈把握它了，只有善于观察的人才能捕捉到它的踪影。

希特勒身边的“钉子”

奥尔加·契诃夫娃是俄国作家巴甫洛维奇·契诃夫的侄女，她投身电影行业，一度成为风靡整个德国的女影星，就连德国独裁统治者希特勒都非常喜欢她，是她的影迷。然而，希特勒到死的时候都不知道，这位在银幕上光彩照人的女明星，竟然是苏联的超级间谍，她凭借自己的美貌和智慧迷倒了许许多多的德国军官，通过他们打探到许多德国机密情报。

1898年，奥尔加·契诃夫娃出生在沙俄高加索地区，她的姑妈是莫斯科艺术剧院的一名女演员，1901年嫁给了著名作家契诃夫。奥尔加·契诃夫娃16岁那年，不安于家乡的平淡生活，来到莫斯科投奔自己的姑妈，希望在这个繁华的大城市里开始全新的生活。

此时的奥尔加·契诃夫娃已经出落得楚楚动人，美艳多姿了。在契诃夫家里，她与年轻的米沙·契诃夫相遇了。米沙·契诃夫是契诃夫的哥哥亚历山德拉的儿子，他和奥尔加的姑妈一样，也是莫斯科艺术剧院的一名演员。正值二八年华，情窦初开的奥尔加·契诃夫娃一下子就迷上了颇具表演天赋、英俊帅气的米沙·契诃夫，她的心门被他轻轻叩开，然后无可救药地迷恋上了他。

米沙·契诃夫原本就是个风流少年，对于这个爱慕自己的小表妹，他当然是来者不拒。他们相识没几天，米沙·契诃夫就向奥尔加·契诃夫娃说尽了甜言蜜语，还向她求婚。第一次谈恋爱的奥尔加·契诃夫娃完全乱了阵脚。冲动之下，她决定带上自己的护照、行李从姑妈家悄悄出走，与米沙·契诃夫私奔了。

在莫斯科的一座教堂里，奥尔加·契诃夫娃与米沙·契诃夫私定终身，秘密成婚。听闻他们的婚事以后，双方的家长都非常震怒，但是已经于事无补。婚后的奥尔加·契诃夫娃发现生活原来并不像想象中那么美好，米沙·契诃夫也根本不是一个理想的丈夫。他不但酗酒，而且还是个不折不扣的花花公子，到处花天酒地。糟糕的是，此时的奥尔加·契诃夫娃发现自己已经有了身孕。她想把孩子生下来，可是米沙·契诃夫却不同意，还为此离家出走。伤心不已的奥尔加·契诃夫娃到姑妈家诉苦，等她回到家的时候，发现米沙·契诃夫已经带回了一位新女友。

1916 年 9 月，奥尔加·契诃夫娃生下了一个女儿，并把女儿送到了自己父母身边，希望她能够得到更好的照顾。

俄国十月革命爆发以后，奥尔加·契诃夫娃离开了父母和女儿，独自一人登上了莫斯科比罗路斯基车站的一列开往德国柏林的火车，她要去德国，这是苏联情报机构的指示。在此之前，苏联军事情报局的人找到了奥尔加·契诃夫娃，在情报机构她接受了严格的培训，掌握了各种间谍器材的使用以及编码、密码、接头、货币的相关知识，成为一名出色的女间谍。

刚到柏林，奥尔加·契诃夫娃就引起了德国上流社会的注意，来自契诃夫家族的背景和令人惊艳的美貌使她拥有了走进上流社会的敲门砖。此时，奥尔加·契诃夫娃得到了一个消息——德国导演弗雷德里奇·穆瑙正在为他的一部名叫《沃吉洛德城堡》的无声电影四处寻觅女主角，于是她找到了弗雷德里奇·穆瑙，向他"毛遂自荐"。为了能够得到这个机会，奥尔加·契诃夫娃骗弗雷德里奇·穆瑙说自己以前曾经是莫斯科艺术剧院的一名演员，俄国著名的戏剧大师斯坦尼斯拉夫斯基还手把手地对她进行过专门的训练。

弗雷德里奇·穆瑙相信了她的话，于是，她非常顺利地获得了这个角色，开始步入电影界。后来，这部电影一上映就大获成功，姿色艳丽、风采迷人的奥尔加·契诃夫娃成了德国电影界冉冉升起的一颗新星。

这之后，奥尔加·契诃夫娃开始以每年八部的数量接二连三地拍摄电影，很快，她就成了众多德国人心中的偶像，其中的一位崇拜者正是阿道夫·希特勒。上世纪 30 年代，希特勒向奥尔加·契诃夫娃发出了邀请，希望她能够与自己一起吃晚餐。

希特勒认为奥尔加是德国乃至世界上最伟大的演员，并且还专门为她设立了“德意志帝国国家演员”荣誉称号。除此之外，希特勒还频频邀请她参加最高级别的活动，并把她的座位一直安排在自己身边，以此表明对她的关心和赞赏。美丽动人的奥尔加引来了众多纳粹高官的追求，纳粹宣传部部长戈培尔更是称赞她是“最迷人的女人”。

奥尔加·契诃夫娃一直在为苏联情报机关搜集、提供情报。从希特勒本人到德国纳粹的其他高层人物，都是她的情报来源。在二战期间，奥尔加·契诃夫娃经常在宴会上听到希特勒与自己的下属讨论战况，一点也不避讳她。谁也不知道当年纳粹德国究竟有多少生死攸关的机密情报经由奥尔加·契诃夫娃悄悄传到了克里姆林宫的案头。唯一可以肯定的是，直到第二次世界大战结束以后，纳粹德国和整个西方情报机构都没有发现奥尔加·契诃夫娃的苏联间谍身份，希特勒更是丝毫没有察觉到自己的身边已经被苏联钉进了一个“钉子”。

苏联红军攻陷柏林以后，苏联反情报局派出了一架飞机，将奥尔加·契诃夫娃秘密地接回了莫斯科。奥尔加·契诃夫娃继续拍电影，继续到剧院登台演出。

炼智

奥尔加·契诃夫娃把目标瞄准了德国最高元首希特勒，她深知，只要搞定了希特勒，那么德国的军事机密对于自己来说就已经不再是秘密了。她所使用的这一招正是三十六计中的“擒贼擒王”，攻打敌军主力，捉住敌人首领，这样就能瓦解敌人的整体力量。间谍战也是如此，成为最高统帅身边的红人，情报自然源源而来。

悟理

在森林中，颜色越是艳丽的蘑菇毒性越大，生活中的危险也是如此，它们往往就隐藏在我们身边，一个小小的疏忽也许会改变我们一生的命运。因此，我们必须练就一双聪慧的眼睛，善于发现生活中的细节，及时察觉到潜伏在我们周围的危险因子，给我们的生活上一把“安全锁”。

“红色间谍”钱壮飞

建国以后，周恩来总理曾经在公共场合多次提起过一个名字：钱壮飞。他满怀深情地说，如果不是钱壮飞同志，我们这些人恐怕早就死在了国民党反动派的手里。

电视剧《潜伏》的热播让剧中的中共特工余则成成为风靡一时的人物，然而，鲜为人知的是，余则成的原型就是这个曾经屡屡被周恩来总理提起过的钱壮飞。

1895年，钱壮飞出生在浙江省湖州的一个商人家庭。20岁那年，他考入国立北京医科专门学校，毕业以后成为一名医生。钱壮飞是个多才多艺的人，他还曾经教过美术和解剖学，演过电影，擅长书法、绘画和无线电技术。1925年，他和妻子张振华一起加入了中国共产党。

1927年，大革命失败以后，钱壮飞北上，到冯玉祥的西北军当了军医，后来由于军队经常发不出军饷，他根本无法养家糊口，又辗转去了上海。由于生活颠沛流离，他与组织失去了联系。

第二年，他在报纸上看到一个无线电训练班的招考广告，于是就报名参加，没想到竟然考了第一名，被成功录取。此时钱壮飞才知道，原来自己无意中加入的这个训练班，竟然是隶属于国民党新建的特务组织。

在训练班期间，钱壮飞的才华很快就显现了出来。特务头子徐恩曾对他非常赏识，由于他们两个还是同乡，因此徐恩曾表示要提拔他为自己的机要秘书。

钱壮飞感到这件事关系重大，立刻通过各种途径与党组织取得了联系，请示自己应该怎么做。周恩来得知这件事情以后，认为这是一个千载难逢的好机会，于是建议钱壮飞借这个机会在敌人内部埋伏下来，利用国民党的特务组织为我们服务，还决定由李克农、胡底与钱壮飞组成一个特别党小组，打入国民党内部，由中央特科单线领导。

后来，钱壮飞把李克农、胡底也介绍进了国民党特务机关，他们两个人同样受到了徐恩曾的重视。从此以后，他们三个人就在国民党情报系统中形成了一个“铁三角”。

钱壮飞于 1929 年成功进入了国民党中央组织部调查科以后，凭借自己的精明能干及难能可贵的廉洁赢得了徐恩曾的器重。不过，尽管特务头子徐恩曾十分欣赏他，但多多少少对他还是有所防范。徐恩曾只交给钱壮飞一些处理文件和电报收发的简单工作，密码本从来不会交由他保管，而是时时刻刻随身携带，一些机要电报也一直由自己亲自翻译，钱壮飞根本接触不到。这样一来，钱壮飞所能获取的情报就微乎其微了。

后来，钱壮飞与李克农商量了之后，想出了一个计策。一次，他陪着徐恩曾到上海出差，徐恩曾非要去歌舞厅拈花惹草，于是，趁着徐恩曾进歌舞厅换衣服的这段时间，钱壮飞以迅雷不及掩耳之势把密码本拿了出来，交给事先守在外面的同志迅速拍照后，再神不知鬼不觉地送回徐恩曾的衣服口袋里。

为了得到更多有价值的信息，钱壮飞还“瞒天过海”，每次从报务员那里接到电报以后，他都对电报的价值进行一个评估，对那些比较重要的电报他就先开封翻译，然后再照原样封好，上送给徐恩曾。同时，把翻译好的情报送到中央军委和红军那里。

国民党几次大“围剿”的计划刚刚制订，还没来得及下发给作战部队，计划的全部内容就已经被钱壮飞破译了，并且在第一时间被送到了军委负责人周恩来以及苏区的毛泽东、朱德面前。凭借这些准确的情报，中国共产党才得以屡屡躲过国民党的围剿和清查，保全了宝贵的革命力量。

1931 年 4 月 24 日，负责中国共产党中央机关保卫工作的顾顺章在武汉被捕，由于贪生怕死，他背叛了党组织，要求把自己送到南京，并且表示会把在上海的中共中央机密全数供出，保证用不了三天的时间就可以将中共中央一网打尽，他还特意嘱咐，千万不能让徐恩曾身边的人知道这个消息。

武汉的特务机关头子高兴极了，心想终于可以将共匪的潜伏力量彻底摧毁了，于是接连向南京发了五封加急电报。当时正是星期六晚上，徐恩曾早就去上海寻欢作乐了，于是报务员就把电报汇报给了钱壮飞。钱壮飞一看对方如此急迫地连着发了这么多封电报，知道情况一定十分紧急，于是当机立断用密码本将它们全部破译出来，提前向党中央发出了警报。

考虑到自己不便马上离开，钱壮飞让自己的女婿连夜乘车赶去上海报警。接到了钱壮飞的情报以后，周恩来立刻指挥当时在上海的中共中央各个机关采取行动，紧急搬迁，中共中央的几十个秘密机关和几百名工作人员迅速转移到了安全的地方，使得抓捕共产党的特务全都扑了个空。

星期一早晨上班以后，钱壮飞装作若无其事的样子把五封封好的电报交给了徐恩曾，当天值班结束以后，他就乘坐汽车离开了南京，赶到了上海。

此时，徐恩曾才知道原来钱壮飞就是埋伏在自己身边的特工。他害怕被追究，于是花大气力疏通了自己的上司陈立夫和知情的同僚们，向蒋介石隐瞒了自己的秘书是共产党以及密码已经泄露这件事。也正因为这样，国民党当局很长时间都沿用着原来的密码。红军长征的时候，对敌侦察仍然主要依靠无线电侦听获得可靠情报，因此红军万里长征一次也没有中埋伏，并且总是能够找到敌人合围的薄弱部位跳出。

作为“红色间谍”，钱壮飞是中国共产党隐蔽战线上的一个光辉代表，他和其他的地下党为新中国的成立作出了巨大的贡献。

钱壮飞和李克农、胡底被称为“龙潭三杰”，由他们三个人组成的特别行动小组打入了国民党的中枢神经——最高特务机关，长期埋伏在敌人内部，冒着生命危险刺探国民党的情报，多次使共产党转危为安，为保全革命的火种作出了突出的贡献。如果不是他们施展着自己的智慧和计谋，或许革命之路将会更加艰难。

悟理

热爱自己的祖国，为了祖国而努力奋斗是中华民族的优良传统。几十年前，多少革命先烈舍生取义、慷慨赴死，才换回了我们今天幸福安定的生活。如今我们也要延续这种伟大的精神，为了祖国的繁荣富强，为了维护祖国利益而努力。只有这样，我们才能无愧于那些为国捐躯的仁人志士。

功勋女谍索尼娅

曾经熟读鲁迅作品的人都知道，在他 20 世纪 30 年代初期的日记里，曾经详尽地记载过与一位德国妇女“汉堡嘉夫人”之间的交往。鲁迅先生之所以能够成功地搜集出版了珂罗惠支版画，正是得益于这位“汉堡嘉夫人”的全力支持与帮助。鲜为人知的是，这个“汉堡嘉夫人”其实是一名苏联克格勃的间谍，真实名字叫做鲁特·维尔纳，但是名震世界谍报史的却是她的化名——索尼娅。

索尼娅出生在一个德国犹太知识分子家庭。她的父亲罗伯特·库钦斯基是 20 世纪德国著名的统计学家，曾在德国工人运动中发挥巨大的作用，运用统计学知识揭示德国工人阶级的生活状况，披露资产阶级对工人的残酷剥削。索尼娅的母亲是一位英国画家，有很多流传至今的画作。受到父母的影响，索尼娅在很小的时候就表现出了文学才能，后来成为著名作家，写出了《索尼娅的报告》这样出色的作品。

然而，这个名门才女是如何走上间谍之路的？直到很多年后，笼罩着这个谜的迷雾才被荡清，索尼娅成为间谍的始末才被人们所熟知。

索尼娅在中学时代就成为了柏林工人运动的积极分子，十九岁的时候她积极地加入了德国共产党，1930 年，跟随丈夫一起来到了上海，并在这里找到了一份工作。初来上海的时候，由于丈夫的工作需要，索尼娅经常出席一些欧美人士举办的社交活动。没过多长时间，索尼娅就对这种生活方式产生了一种厌恶感，尤其看到那些女人们整天过着富太太的生活却毫无追求，只知道泡在娱乐场和私家花园里，心中的反感就更为强烈。

就在这时，改变她一生命运的人——美国记者艾格尼丝·史沫特莱出现了。她们是通过朋友认识的，史沫特莱又介绍她结识了当时在上海工作的共产国际情报员、有“红色间谍”之称的理查德·佐尔格，索尼娅被佐尔格所描述的共产主义理想深深吸引，成为他的情报小组的一员，开始了作为苏联间谍的艰难历程。

索尼娅来到中国后没多久，战争局势就逐渐恶化，整个世界都处于动荡不安之中，尤其是1933年3月希特勒在德国攫取政权之后，世界格局更是彻底被改变了，各个国家都被无情地推进了战争的深渊。索尼娅原本打算回德国，但是由于战争的爆发，她不得不留在了中国。而她似乎也已经习惯了这种在逆境中搏斗的生活，就像她自己所说的那样：她要和中国共产党人一道，为反对封建主义和资本主义制度而斗争。

1933年，索尼娅接到苏联方面的指示，去了莫斯科，开始接受职业化的情报训练。第二年夏天，她与情报训练班的同学恩斯特一起被派到了中国沈阳，一方面搜集日本人在中国的情报，另一方面协助东北抗日组织进行隐蔽的斗争。在沈阳的时候，索尼娅的公开身份是一家外国书店的代销商。她的主要工作除了定期向苏联发送情报之外，还要帮助中国同志与苏联进行沟通，用外国人的身份做掩护，帮助他们购买制造炸药的原材料。

1935年，不幸降临了。日本人在丹东的一位中国同志家里搜出炸药，逮捕了大约十多个与此事有关的人，后来，这些人全都惨遭日本人的毒手。所幸，索尼娅及时得到了消息，早早撤往北平，躲过一劫。

为了避免再被日本人发现，索尼娅回到了莫斯科。按照苏联方面的指示，索尼娅和一个来自英国的间谍伦·毕尔顿“假结婚”，并且通过他转去英国工作，在牛津距离父母不远的乡下定居了下来，继续开展间谍工作。

在英国，索尼娅除了向苏联克格勃发送情报之外，还逐渐发展小组成员，建立自己的情报网。她的父亲也利用自己的知识和社会关系，为她提供一些经济和军事方面的消息，使她的工作开展得风生水起。

在索尼娅的间谍生涯中，干得最漂亮的一件事情，莫过于与德国流亡的核物理学家克劳斯·福克斯合作，窃取英美研究和制造原子弹的情报资料，把它们提供给苏联，帮助苏联加快原子弹的研究速度。克劳斯·福克斯是索尼娅的哥哥介绍给她的，他于1932年加入了德国共产党，1933年流亡英国，在那里完成了学业，获得了物理学博士学位。1945年7月16日参与了美国“曼哈顿工程”。他很早就意识到了原子弹研究的作用与战略意义，出于对共产主义的信仰，他决心把有关技术情报泄漏给苏联，但苦于找不到通向苏联的渠道。正在这时，作为德国流亡组织的领导人于尔根·库钦斯基就把他介绍给自己的妹妹索尼娅。克劳斯·福克斯与索尼娅一拍即合，两年多的合作，一直非常默契。

最令人拜服的是，索尼娅的身份自始至终都没有暴露，第二次世界大战以后她还光明正大地回到了德国。四十年后，当一位英国资深反间谍专家得知这一情况后，后悔莫及地说道：这样一桩大案，居然就这样从他手里漏掉了。

索尼娅的工作受到苏联红军情报局长的高度表扬，他曾经说过：“假如我们在英国有五个索尼娅，战争早就结束了。”

炼智

身在中国的索尼娅以外国人的身份做掩护，秘密地搜集日本人在华活动的情报，把它们源源不断地发送到苏联，使苏联方面能够做出更好的决策。到了英国之后，她又利用父亲和哥哥的关系结识了参与“曼哈顿工程”的福克斯，与他配合一起窃取英美研究原子弹的机密情报，加速了苏联的原子弹研究进程。

世界上从来就不存在一蹴而就的成功，谁也不能轻而易举就获得辉煌的成就。蝴蝶之所以能够在花丛间翩然起舞，是因为它经历了破茧成蝶的痛苦挣扎；竹叶之所以能够在月光下摇曳婆娑，是因为它冲破了竹笋紧箍的难忍压迫。如果你希望获得成功，就必须忍受挫折与苦难的洗礼。

从民国作家到红色间谍

关露是民国时期的著名女作家，与张爱玲、潘柳黛、苏青一起被称为“民国四大才女”，赵丹主演的电影《十字街头》主题曲《春天里》就是由关露写的词，至今，那熟悉的旋律响起的时候，还会令经历过那个年代的老人们热泪盈眶。

上个世纪30年代，在日军铁蹄的无情蹂躏之下，原本热闹繁华的上海滩，一下子沦为了一座“孤岛”。这个看上去灯红酒绿车水马龙的十里洋场，到处都充满了背叛、暗杀和黑色交易。这一时期的关露，正处于创作的高峰期，她翻译了高尔基的《海燕》和《邓肯自传》等许多日后广为人知的优秀作品。面对日军的侵略，她满怀悲愤之情写下了“宁为祖国战斗死，不做民族未亡人”这样激昂的词句，获得了“民族之妻”的称号。

然而，令人怎么也琢磨不透的是，这样一位爱国的女作家竟然会出现在汪伪特务头子家里，与那些汉奸走狗们相谈甚欢。这个谜底一直到四十多年以后才被揭开。原来，这位赫赫有名的民国才女竟然是一位红色间谍。关露在1932年加入了中国共产党，为了摸清汪伪政权特工头子李士群的真实思想动态，党组织派她打入敌人内部，执行一项秘密任务，接近李士群并且寻找合适的时机对他进行策反。

这样一个艰难的任务，为什么会选择关露去执行呢？

关露的妹妹叫胡绣枫，也是一名共产党员。1933年，李士群被国民党抓了以后，他的老婆叶吉卿顿时惊慌失措，不知到哪里避避风头，这时，胡绣枫接待了走投无路的她，因此，李士群对胡绣枫一直怀有感激之心。由于他们之间的这层关系，党组织原本打算派胡绣枫去执行这个任务的，但是胡绣枫当时正在重庆，另有工作，于是，她就向党组织推荐了姐姐关露。

1939 年 11 月，关露正在为自己的长篇小说《新旧时代》做最后的修改，就在这时，中共华南局最高领导人给她发来了一封电报，要求她立即到香港去找时任八路军香港办事处负责人的廖承志。

关露知道事情紧急，一刻也不敢怠慢，立即以最快的时间赶到了香港。第二天，廖承志就带着一位客人前来拜访她，那个人自我介绍说："我叫潘汉年。"他们之间进行了一次绝密的谈话，潘汉年所带来的任务就是我们前面所提到的——返回上海，埋伏在李士群家，趁机将其策反。

要执行这样一个任务，关露心中充满了疑虑。且不说其难度之大，进出李士群

家必然会被误认为是“汉奸”，招致国人的怒骂，这个罪名可能从此就再也无法洗脱了。

尽管有所顾虑，但是为了民族大义，左思右想之后，关露还是接受了这个任务。通过一些史料我们可以看到，当时潘汉年对关露说：“今后如果有人说你是汉奸，你一定不要辩护，要是辩护的话，你就暴露了。”关露说：“我不辩护。”

从香港回到上海以后，关露就经常出入位于极司菲尔路 76 号的汪伪特工总部，成了李士群家的座上宾。李士群让他的太太多陪陪关露，与她一起逛逛商场、到剧院看戏、出席各种活动。

没过多久，关露投靠汪伪特务的消息就传遍了整个上海文化界。以前关系很好的同事、朋友纷纷对关露侧目而视，甚至在谈起她的时候，还会往地上吐唾沫，以此来表达自己的愤怒。左联的负责人还特意找到了主要负责诗歌工作的蒋锡金，问他：“关露还参加你们的活动吗？”得到肯定的答复之后，就对关露下了禁令，禁止关露参加左联的活动。

受到昔日好友们的误解，关露心中充满了委屈，但是为了顺利完成任务，她把这些委屈统统咽到了肚子里。不仅如此，她还严格遵守党的指示，有意疏远了那些所剩不多的朋友。

有一次，她终于忍不住了，就给妹妹胡绣枫写了一封信，在信里，她忐忑地说：“我想回到‘爸爸、妈妈’身边去，就是不知道‘爸爸、妈妈’同意吗？”信里所说的“爸爸、妈妈”指的是解放区、延安。接到关露的信以后，胡绣枫马上向邓颖超汇报了这件事。

过了一段时间，八路军办事处通知胡绣枫，让她给关露回信，说：“‘爸爸、妈妈’不同意你回来，你要在上海多坚持一段时间。”从此以后，关露就打消了这个念头，专心做好间谍工作。

埋伏在敌人身边两年之后，关露终于看到了黎明的曙光。1941 年，关露与李士群第一次谈到了与党组织合作的事情。关露对李士群说："我妹妹最近给我写信，说她有一个朋友，想做点小生意，不知道你愿不愿意和他合作？"虽然关露的话非常隐晦，但是李士群一听就明白了她的意思，并且表示了愿意的倾向。

根据关露的判断，潘汉年与李士群秘密会面，进行了详谈。这次会谈之后，李士群就站到了共产党这一边。从此，日军的清乡、扫荡计划，总是提前被送到新四军手中。关露的策反任务成功完成。

这之后，关露又接受了新的任务。太平洋战争爆发以后，关露应聘了日本海军部控制下的《女声》杂志的编辑，成功地打入日军内部。在《女声》杂志就职期间，关露利用编辑的身份刊登了大量暗含反战爱国色彩的文章，培养和发掘了一大批具有进步思想的文学青年。

在关露身上，我们可以同时看到作家、汉奸、间谍三个身份。由于特殊身份，她终身未嫁，把一生都献给了爱国事业。原国家安全部部长贾春旺曾经为关露的传记题词：隐蔽战线需要关露同志的这种献身精神。

利用妹妹胡绣枫与汪伪政权特工头子李士群的关系，关露成功地打进了七十六号特工总部，成为埋伏在其中的一位间谍，将李士群策反，使他站到了自己这一方，为共产党所用。

都说战争是残酷的，然而没有身处其中的人是无法体会到残酷的真正含义的。在那些风雨如磐的岁月里，如果不是许许多多像关露一样的人为了民族大义而英勇献身，就不会有我们今日平安、稳定的生活。我们应该对那段并不遥远的历史永志不忘。

“借尸还魂”对垒“开棺验尸”

1938年秋天，大雾笼罩着日本南部公海，水面上有一艘名为“切尔切克”号的英国商船正在徐徐航行。“切尔切克”号虽然看上去是一艘商船，但实际上是经过英国海军改装的一艘侦察船，英国的特工人员埋伏在舱中，机警地观察着海面上的动静。

突然，远处传来了断断续续的呼救声，一艘失控的摩托艇向“切尔切克”号漂了过来。船长命令一位特工登艇检查，发现艇上有两位穿着日军军官服的男女，男军官身上中了一刀，已经气绝身亡，而女军官也奄奄一息了。特工刚要走上前去，却听见一阵滴滴答答的声音，原来艇上安了定时炸弹！他找到定时炸弹，刚要扔出去，“轰——”炸弹爆炸了！

“切尔切克”号上的船员们眼睁睁看着自己的同事命丧公海，悲愤异常。要想了解真相，他们只能寄希望于那个一息尚存的日本女军官了。于是，船长再次派两位特工登上摩托艇。这次，特工在男军官的口袋里发现了一张字条，上面写着：必须在公海上除掉松岛长卷。

女军官被救到“切尔切克”号上以后，一位军医对她进行了抢救。过了一会儿，她终于醒了过来。看着周围的人，她的眼泪流个不停。

原来，这个女军官就是松岛长卷，她的父亲松岛平健是日本有名的反战人士，后来被军国主义分子暗杀。松岛长卷年纪轻轻就被强行征入日本海军机密部门进行潜艇设计工作。由于受到了父亲的影响，她对战争十分厌恶，但是，当时大多数人都陷入了一种积极参战的氛围中，因此，身边的同事们视她为眼中钉，想趁机除掉她。她对此早就有所察觉，于是就窃取了日本海军的潜艇设计机密资料，打算投靠英国。

当“切尔切克”号出现在靠近日本的公海的时候，日本海军的雷达就发现了这艘船的真正意图，于是就派人前来偷袭，可是偷袭的潜艇却在半路上出了故障。松岛长卷与一名军械师不得不乘坐一艘摩托艇前来处理故障。可谁知，这正是日本军方的一个圈套，目的是暗杀她。为了自保，她只好与军械师拼死搏斗，将军械师一刀刺死！而松岛长卷从小就患有先天性心脏病，经过这场风波之后，她再也承受不住，晕了过去。

“切尔切克”号上的英国特工们都被松岛长卷的悲惨遭遇打动了。他们把松岛长卷带到了英国，随后，松岛长卷就向英国海军情报部门献上了一卷微缩胶卷，里面是日本最新袖珍潜艇的全套技术资料。对此，英国情报机构十分高兴，但尽管如此，他们还是专门派人到日本去调查松岛长卷的家庭情况，调查结果终于令他们放下心来，松岛长卷所说的都是真的！

这之后，英国政府就让松岛长卷改名换姓，到一家造船厂担任设计师，在这里工作了一段时间之后，她的才华和智慧令很多资深专家也对她刮目相看。她不但能够准确地剖析英国海军几十种主要舰艇的船体构造特点与设计理论依据，还一针见血地指出英国与日本在海军舰艇建造方面的优缺点，整个英国造船界都被她折服了，就连英国军情六处也对她放下了戒心。就这样，松岛长卷顺利地进入了英军潜艇设计核心部门。

斯特乌斯是英国潜艇方面的知名专家，他早就听说了松岛长卷的名字，对她十分仰慕。在一次舞会上，他终于得到了一个与松岛长卷一起跳舞的机会，她那流转的眼波挑动了他的心弦，斯特乌斯情不自禁地吻了松岛长卷的脸。

两个人一见钟情，很快就坠入了爱河。没过多久，他们就打算举行一场盛大的婚礼，让世人都来见证自己的幸福。

可谁都没有想到，婚礼上，正当斯特乌斯满心欢喜地拥着新娘频频举杯的时

候，松岛长卷忽然心脏病发作，倒在了地上，与世长辞。

斯特乌斯满心伤感地整理了妻子的遗物，遗物中发现了她的一封遗书，遗书上写着，如果她突然发病身亡，希望能把尸体运回祖国，与父亲葬在一起。

然而，斯特乌斯并没有立即着手准备运送遗体一事，而是先把这件事汇报给了军情六处的高级情报官波特。波特先生匆匆赶来，提出了一个匪夷所思的要求：开棺验尸！原来，波特一直对松岛长卷有所怀疑，担心她是日本派来的间谍。

几天后，在日本北海道的一所间谍学校里，校长东条冥郎神情肃穆地在这里等候着检测完毕的松岛长卷的遗体。当他面带泪痕地打开那具棺材时，竟然举起了一把锋利的手术刀！周围的人们全都震惊了，眼睁睁看着校长划开遗体腹部，从里面取出了一颗小胶丸。他高兴地喊道："这是我女儿东条枝子用生命换来的关于英军最新型舰艇的绝密情报！"

原来，东条冥郎与女儿东条枝子都是军国主义分子，为了获取英国海军的情报，他们父女俩精心策划了一个"借尸还魂"之计：先是杀害了松岛平健与其女儿，然后根据其女松岛长卷的外貌特征，给东条枝子伪造了各种假证，同时，东条冥郎还为患有先天性心脏病的女儿准备了随时会导致病发的夺命药丸，等到成功获取情报后就让东条枝子立即吞下这颗药丸，这样，就能以回国安葬的理由把绝密情报运送回国！

东条冥郎带着小胶丸兴冲冲地来到了日军情报总部，权威的情报分析专家龟田小心翼翼地把那粒小胶丸剥开——只听"轰"的一声，一颗触动式高威力炸弹被引爆了！

原来，波特在验尸的过程中发现了尸体腹部的秘密，但他并没有当场揭露出来，而是将计就计，用一颗微型触动式高威力炸弹代替了被偷出的绝密情报。

东条冥郎自以为聪明绝顶，没想到聪明反被聪明误，真是赔了女儿又送了命。

炼智

英国和日本之间上演的这场激烈谍战可谓间谍与反间谍之间的终级之战，设计手段之惨绝人寰、对敌方法之巧妙绝伦，都令人叹为观止。东条冥郎将自己的女儿伪装成松岛长卷，瞒天过海骗过了英国人，更不惜牺牲女儿的性命，以她的遗体为工具来运送情报。而英国人也不甘示弱，用一招"开棺验尸"对垒"借尸还魂"，最终粉碎了日本人的计策。

悟理

行动固然重要，但是计划也不可或缺。凡事都应经过认真、仔细的计划之后再开始行动，要把可能遇到的情况考虑周全，才能确保万无一失。就像清代朱用纯在《治家格言》中所说的："宜未雨而绸缪，毋临渴而掘井。"冲动做事只会让你尝到自己种下的苦果。

以身报国的郑苹如

抗日救亡运动中，为了除掉汉奸丁默邨，郑苹如打入了敌人内部，最终以身报国。巾帼不让须眉，这一奇女子的爱国壮举，为敌后抗战史留下了浓墨重彩的一笔。然而，这段真实的故事却被历史的尘烟所掩埋，在很长一段时间不为外界所知。郑苹如本人更被诬陷为"迷恋汉奸情人"，在壮烈殉国之后一度备受世人的谴责。

直到一次机缘巧合，张爱玲听其夫胡兰成（曾经担任汪伪政府宣传部次长）讲述了郑苹如实施美人计的来龙去脉，以这个故事为蓝本写了小说《色·戒》，以郑苹如为原型塑造了王佳芝的形象，这一段谜一样的错综复杂的间谍故事才被公布于世，郑苹如用自己的鲜血和生命谱写的一曲荡气回肠的爱国诗篇才广为人知。

郑苹如是浙江兰溪人，1918 年出生。她的父亲郑钺早期曾经加入同盟会，追随孙中山为革命而奔走，是国民党的元老。

抗日战争爆发以后，郑苹如怀着满腔报国之心毅然参加了抗日救亡运动，加入了国民党的主要情报机构中统。上海被攻陷以后，由于她拥有良好的社会关系，还能说一口流利的日语，上级安排她做抗日的地下工作。

这时的郑苹如只有 19 岁，容貌动人，身姿窈窕，是上海滩出了名的美女，当时中国最有影响力的《良友》画报就曾经以她为封面女郎。

郑苹如的母亲是日本人，凭借着这层关系，她非常轻松地周旋于侵华日军高级军官的府邸中。她先和日本首相近卫文磨派到上海的谈判代表早水亲重结识，后来，通过早水亲重的介绍，她又认识了近卫文磨的儿子近卫文隆。近卫文隆第一次见到郑苹如，立即被她的美貌所打动，一下子坠入了情网。郑苹如天真地想，如果能够掌握近卫文隆，不就可以迫使日本首相停战了吗？幸亏上级及时发现了她的意图，命令她终止了这场危险的游戏。

后来，郑苹如打听到了汪精卫即将有重大举动的重要情报，立即上报给了中统总部。然而总部对此并不重视，直到汪精卫叛国投敌之后，才悔之晚矣。而郑苹如在此之前就能够探听到这一情报，可见她的能量不可小觑，因此，总部对她渐渐倚重了起来。之后，他们把刺杀汉奸丁默邨的重要任务交给了她。

叛国投敌之后汪精卫在上海成立了特工总部，特工总部的主任是丁默邨，他原来是军统第三处处长，后来投靠了汪精卫，大肆破坏抗战。为了除掉他，中统上海分站抓住了他好色的弱点，决定对他实施美人计，伺机将其刺杀。

丁默邨的确是个名副其实的“色鬼”，一看到美貌不可方物的郑苹如，他简直是喜出望外。郑苹如也假装成天真无邪的少女，不时恃宠撒娇，与丁默邨若即若离，时断时续，惹得丁默邨越发地神魂颠倒。此时的他已经拜倒在了郑苹如的石榴裙下，彻底失去了理智，哪里又会想到这个把他迷得五迷三道的美人竟然是个间谍呢。

中统一看时机已经成熟，于是开始部署暗杀计划。郑苹如邀请丁默邨到自己家里做客，在她家附近事先安排好了狙击手，可是丁默邨是个诡计多端的老狐狸，在汽车快要到达郑家的时候，他突然改变了主意，将车掉头开走了，第一次行动以失败告终。

但中统方面并没有灰心，接着安排了第二次行动，要求郑苹如以买大衣为由，引诱丁默邨到西伯利亚皮货店。

1939 年 12 月 21 日，丁默邨到一个朋友家里吃中午饭，他打电话给郑苹如，邀请她和自己一起前去参加，于是郑苹如就赶了过来，陪着他直到傍晚。离开朋友家以后，郑苹如说要去南京路，于是两个人同车而行，当汽车驶过位于静安路的西伯利亚皮货店时，郑苹如突然提出要到那里买一件皮大衣，并且向丁默邨撒娇，让他与自己一起下车，帮忙挑一挑。丁默邨有个职业习惯，就是到一个没有事先约好的

地点，最多停留半个小时，按理说，这么谨慎是不会有什么危险的。但是他又想到郑苹如执意要他陪同，无非是想趁机敲自己一笔竹杠。于是就同意了她的请求。

但是，就在郑苹如装作认真地挑选皮衣的时候，丁默邨无意中发现，玻璃橱窗外隐隐约约站着两个短衣打扮、形迹可疑的人，正在盯着他。丁默邨立即嗅到了危险的气息，于是从大衣口袋里掏出了一叠钞票，往玻璃柜台上一放，对郑苹如说："你自己在这里慢慢挑吧，我先走了。"说完就急转身向外跑了出去。郑苹如一看丁默邨跑了，先是一愣，然后想追过去，但走了两步之后，她还是停下了脚步。

这个时候，事先在外面等候的中统特务们一看丁默邨急匆匆地冲出店门，也是一愣，就这一愣的瞬间，丁默邨已经冲过了马路。

丁默邨的司机看到他狂奔而出，立即发动了引擎，把车门打开。等到中统的特务们回过神来，向他射击，丁默邨已经钻进了车里，扬长而去。暗杀行动再次功败垂成。

但郑苹如并不甘心一次又一次的失败，她心存侥幸，决定再次深入虎穴，孤身杀敌。于是她装作不知情的样子继续与丁默邨虚与委蛇，但暗地里在身上藏了一支勃朗宁手枪，打算伺机下手，谁知丁默邨早就已经布下了罗网，只等她上钩。因此在第三天当郑苹如驱车来找丁默邨的时候，她不幸被捕了，后来被秘密枪杀。

一位温婉娴淑的女子就这样为国捐躯。郑振铎先生曾称颂她："比死在战场还要壮烈！"

炼智

《六韬·文伐》中说："养其乱臣以迷之，进美女淫声以惑之。"可见，对于实力强大、难以下手的敌人，必要的时候可以采用"美人计"，混入敌人身边，迷惑敌人的心智，趁机将其除掉。郑苹如接近丁默邨，伺机刺杀他，使用的正是美人计。

悟理

你或许会赚来万贯家财，或许能拥有价值连城的珠宝，但这些都买不来一个正义而坚韧的灵魂。韦伯斯特说："只要握着正义之剑攻击，再柔弱的手臂也会力大无穷。"正义的力量是无穷的，它会带给我们勇气与信心，让我们为这个世界创造更多的美好。

二战中的“剑桥五杰”

第二次世界大战期间，苏联与德国之间爆发了一场决定性的战役，历史上将其称为库尔斯克大会战，又被称为世界上最大的坦克之战，参加战争的坦克达到上万辆的规模。这场会战，德国遭到了毁灭性的打击，不但损失了五十多万兵力、一千五百辆坦克以及无数火炮，还最终丧失了苏德战场上的主动权。从此以后，德国再也没有实力在东线发起具有威胁性的攻势。

虽然苏联红军也为库尔斯克会战付出了惨重的代价，但是，最终的胜利是属于他们的。那么，他们是怎样做到这一点的呢？

那是因为，在他们的背后有一个为他们源源不断地提供重要情报的组织，一个在世界间谍史上被称为“剑桥五杰”的传奇间谍组织。

“剑桥五杰”的组成人员分别是盖伊·伯吉斯、唐纳德·麦克林、菲尔比、安东尼·布兰特以及约翰·克恩克罗斯。他们都毕业于剑桥大学，虽然大多出身贵族，但却是最坚实的共产主义信仰者。他们为苏联克格勃提供情报，却不要一分钱。并且，一直坚持了几十年。

菲尔比是“剑桥五杰”中最为出色的人物，现在有很多研究者都把他当做五杰中排名第一的人来看待，他的智慧和贡献在这五人中最为突出。

1933 年，菲尔比被苏联克格勃征招，成为由盖伊·伯吉斯和唐纳德·麦克林组成的秘密小组中的第三个人。

组织上派他去维也纳执行他作为间谍的第一次任务，在那里，他亲眼目睹了奥

地利政府与社会主义者之间发生的频繁而又剧烈的流血冲突，深受感触，更加坚定了为克格勃服务、帮助他们打败法西斯的决心。

当他从维也纳回到伦敦之后，朋友们发现他就像是变了一个人一样，不但与原来的左翼同志、朋友断绝了往来，还积极加入了亲纳粹的英德联谊会，甚至还在纳粹资助的一份刊物担任了主编的职务。他这样做的目的其实非常简单，那就是最大限度地将自己隐藏起来，避免暴露。

1937 年 2 月，菲尔比以《泰晤士报》记者的身份前往西班牙，在外界看来，他此行的主要目的是采访法西斯独裁者佛朗哥的军队。然而实际上，他是为了执行苏联克格勃给他下达的任务：搜集与法西斯战争相关的第一手情报。

在菲尔比做记者的这段日子里，他特意浓墨重彩地报道那些对佛朗哥有利的消息。因此，佛朗哥对他十分信任，还曾经给他颁发了一枚红十字勋章。而这也使得人们更加确信他的立场是反共了。

作为一个间谍，他的日子并不好过，那种心理上的折磨是常人无法想象的。尤其是当他看到法西斯分子对共产党人、犹太平民进行屠杀时的惨状，却不得不努力压抑住自己内心的巨大悲痛和愤怒的时候，他简直快要承受不住了。

1939 年 9 月 1 日，德国闪电进攻波兰，第二次世界大战正式爆发。1939 年 9 月 3 日，英国对德国宣战。到了 1940 年 5 月，德国部队已经顺利拿下了比利时、荷兰、卢森堡，矛头直指英吉利海峡。就在这个关键的时刻，菲尔比突然向《泰晤士报》提交了辞职信，脱去了记者的外衣，因为苏联情报机构给他的任务已经基本完成了，克格勃正在寻找新的机会和新的切入点。

一年后，菲尔比接到了盖伊·伯吉斯的电话，问他是否愿意到英国军情六处第五科就职。从 1941 年到 1963 年东窗事发，菲尔比在这个机构干了整整二十二年。加入军情六处不久，菲尔比就被派往北非战场，1943 年才回到英国。这时正好赶上科长到美国考察，菲尔比就当上了代理科长，就在这段时间，他为苏联做了一件非常关键的大事。

当时的德国人在传递情报的时候使用的是世界上最为先进的恩格玛密码机。1941 年英国潜艇费尽心思得到了这台密码机，并且将恩格玛密码破译了，但是，这个消息英国并没有公诸于世。不过，这并不妨碍菲尔比把英国破译的德国情报一封又一封地传送给苏联克格勃。

1943 年，苏联和德国开始了我们在开头提到的库尔斯克大会战。这场战役的惨烈程度是用语言无法描述的。在这次战役中，苏联红军虽然伤亡了八十多万人，付出了前所未有的代价，但是仍然取得了最终的胜利。这主要得益于以菲尔比为代表的“剑桥五杰”所提供的准确情报，这些情报使得苏联红军总是能提前对德军进行打击，让德国人措手不及。

当年负责和“剑桥五杰”联系的一位苏联克格勃情报员在晚年的时候曾经回忆道：“我们之所以能够在库尔斯克战役中取得了最后的胜利，都是我们的情报部门的功劳。而且，通过这次战役的胜利，我们还一举摧毁了德国人的信心和士气，因为通过菲尔比，我们得到了大量的情报，英国人用恩格玛机破译的德方密码情报，都被菲尔比毫无遗漏地截获了。英国人对德国部队的部署以及作战计划，早就有了相当的判断。应该说，丘吉尔先生已经就其中某些问题和斯大林先生进行了沟通，但其中的大部分情况他们都没有涉及。不过这没有关系，通过菲尔比的情报，我们获取了德军关于这次战役的所有情报。”

菲尔比提供的这些情报，对于苏联方面而言，其价值之巨大是无法估量的。正是因为“剑桥五杰”的情报，苏联红军才能避免遭受更大的损失，彻底挫伤了德国人，最终在第二次世界大战中将法西斯打败。

“剑桥五杰”是埋伏在英国情报部门内部的一个“窃听器”，他们不但能够窃取英国方面的情报，而且还能从英国人手里获得德国方面的情报，可谓左右逢源。因为通过“剑桥五杰”了解了各方的战略部署和作战计划，所以苏联方面更加稳妥地制定出有利于自己的战略方针。

作为坚定的共产主义信仰者，“剑桥五杰”为了实现自己的理想，不惜付出一切，这种坚韧的精神不由得令我们想起了那些曾经在战场上浴血奋战、为国捐躯的人民英雄。他们的生命虽已逝去，但是他们的精神长存，成为我们心中永不倒塌的丰碑。

戴笠身边的“红色女谍”张露萍

延安是位于陕北黄土高原上的一个偏僻的小城，在抗战时期，这个默默无闻的小城却成为中国人民眼中的圣地，来自全国各个地方的进步青年纷纷涌向这个红色根据地。曾经过着锦衣玉食的富家小姐生活的张露萍就是在这个时候摆脱了过去的腐化生活，告别灯红酒绿的繁华都市，来到了红都延安，成为一名共产党员。

张露萍有很多个名字，她的原名叫余家英，在成都读书的时候叫余硕卿，来到延安以后改名叫黎琳，潜伏在重庆做地下工作的时候叫张露萍，被关押在息烽集中营的时候叫余慧琳……多变的名字，不断变化着的地点，这一切仿佛都在悄无声息地展示着张露萍这一生的坎坷与不凡。

1939 年 10 月，党组织委派张露萍回到四川，秘密打入重庆国民党军统局电讯处及电讯总台。在四川，张露萍担任共产党在军统局的地下党支部书记，她带领潜伏在军统的其他同志一起搜集情报。他们白天分头工作，晚上则秘密地聚在一起，互相交流情报。张露萍领导的地下党支部就像是一把出鞘的利剑，插进了敌人的核心部门——军统，在这个敌人防卫最森严的特务首脑机关里，与敌人展开了无声无息的战斗。

从 1939 年秋天到 1940 年春天，在短短半年的时间，张露萍多次截获了军统重庆电讯总台的电报，并且摸清了军统在全国各地秘密电台的分布情况。

一次，张露萍从戴笠发给胡宗南的秘密电报中得知，军统打算派遣一个“三人小组”,携带美国制造的小型电台,横穿胡宗南防区,秘密潜入陕甘宁边区搜取情报。张露萍深知此事之紧急,于是立即将这个信息传递给了南方局。

如此重要的信息已经尽在共产党的掌握之中了,然而,戴笠却对此毫无所知。因此,他派遣的“三人小组”刚刚在解放区露面,就被共产党方面派出去的人抓了起来。

戴笠得知这个消息以后,立刻暴怒了起来。在办公室里,他像一个疯子一样捶着桌子,破口大骂好不容易逃回来的“三人小组”的组长:“你这个没用的东西！快说,你们是怎么被抓住的？”

“我们一进匪区就被他们发现了,看起来他们好像事先早就有所防备。”

“有防备？”

“是的,我们特意选了一条偏僻的小山路,胡长官的谍报员事先对这里进行过仔细侦察,说这里防备并不严,只有民兵放哨。可是没想到竟然会遇上正规部队的搜查。”

戴笠一听说“事先早就有所防备”,立刻感到一股凉气从自己的后背冒了出来:“这次行动是绝密的,连手下的处长们都不知道,共产党是通过什么途径获得情报的？难道我们身边有共产党的间谍？”

1940年春节,张露萍回到成都探亲,当时在电台值班的是共产党安插在军统内部的另一个名叫张蔚林的间谍,他在工作的时候不小心弄坏了一只真空管。科长得知以后,认为这个事故肯定是因为他的粗心大意而导致的,于是就把他送到了稽查处看守所禁闭,让他反思省过。经验不足的张蔚林一下子联想到可能自己的身份已经暴露了,于是擅自从看守所逃了出来。

原本只是个工作事故,不会出什么事,没想到,这一跑反倒令军统开始怀疑他了。稽查人员开始四处寻找张蔚林,并且到他的住所进行搜查,在他家抽屉里发现了一本电台密码、军统局分布在各地的秘密电台表格以及几张记载着机密情报的便条。军统有严格规定,禁止将这些东西带回自己的住处。因此,稽查处把这桩非常严重的违纪行为报告给了戴笠。

戴笠一看到那张电台分布表，就知道，情况远远不止违纪这么简单！于是他派手下人再次对张蔚林的住处进行了搜查，还下令把张蔚林抓起来。

当天下午，戴笠紧急召开了一个讨论会，与电讯处和稽查处的负责人一起研究这件事情。他们一致认为，这几张记载着机密情报的便条一定是共产党埋伏在军统内部的间谍所为。

这个结论把戴笠惊出了一身冷汗！他呆坐在椅子上，久久没有说话。他怎么也没想到共产党竟然会派人打入电讯台这个军统局最为核心的部门，这相当于自己拱手把情报交给了共产党！这是一个奇耻大辱啊！如果这件事被蒋介石得知，乌纱帽可就保不住了，更别提什么前途了。想到这些，戴笠更加坐立不安了。

经过对便条上的字迹进行辨认，军统特务们发现埋伏在自己身边的间谍除了张蔚林之外，还有其他人，并且怀疑到了张露萍。张露萍当时还在成都，于是，戴笠命令手下人假借张蔚林的名义，给她发了一个电报，要求她尽快回到重庆。

张露萍接到电报以后，立即从成都匆忙赶回重庆，刚刚回到自己的住处，就被特务们抓了起来。

张蔚林被抓以后，并没有屈服，戴笠用尽了手段也没有撬开他的嘴。于是戴笠打算在张露萍身上做做文章。他立即命令特务把张露萍放了，还向她道歉，说抓错了人。

张露萍识破了他们的阴谋，被释放以后，不但没有与党组织联系，而且还寻找机会离开重庆。眼看着自己的计策不奏效，戴笠只好让特务们再次逮捕了张露萍。

军统电台发现间谍这件事被蒋介石得知之后，大骂戴笠："共产党安排人直接插入了你们的心脏，你竟然一点都没发觉！"戴笠不得不承认："这是我与共产党斗争最惨重的一次失败！"

张露萍悄无声息地埋伏在在国民党中占据最关键、最核心地位的军统局，而且还打入了电讯台这个能够直接获取敌方信息的部门，使得截获国民党的情报如同探囊取物，把情报源源不断地发送给共产党。

为了心中那份崇高的事业，许多英雄先烈赴汤蹈火在所不辞，这种可歌可泣的精神值得我们永远铭记在心中，这种强烈的使命感更值得我们学习。如果我们在生活中也能秉承着这样的精神，也许世界上就没有什么事情能够难倒我们了。

纳粹“狼穴”中的双面间谍

达斯科·波波夫曾经被西方谍报界称为最勇敢、最快乐的谍报天才，就连英国谍报机构的头子斯图尔特·孟席斯少将也对他赞不绝口，说他具有极大的人性魅力。作为一个双面间谍，达斯科·波波夫埋伏在纳粹的“狼穴”之中，为了盟军能够取得最后的胜利甘冒各种危险。

1940 年 2 月，达斯科·波波夫正在位于南斯拉夫的家中休闲度假，一封从柏林发来的电报打断了他平静的生活，发电报的是他在德国弗赖堡大学结识的好朋友约翰尼·杰伯逊，对方约他 2 月 8 日在贝尔格莱德塞尔维亚大饭店见面。

见到电报以后，达斯科·波波夫为友谊所驱使，立即踏上了去贝尔格莱德的旅途。约翰尼·杰伯逊见了他之后，向他透露自己其实是德国军事情报局的人，并且有意无意地策动他，让他去做一名纳粹间谍。

起初，达斯科·波波夫并没有拿定主意，于是对约翰尼·杰伯逊只是一味搪塞。和对方告别之后，达斯科·波波夫找到了英国商务参赞，向他通报这件事。参赞一听，立刻眼前一亮，说：“或许我们可以利用这次机会，为反法西斯事业做一些事情。”于是授意达斯科·波波夫答应约翰尼·杰伯逊的要求。

约翰尼·杰伯逊对此十分高兴，过了一段时间之后，就把他引见给了德国使馆官员门津格少校。门律格对达斯科·波波夫开门见山地说道：“我们在英国布置了很多间谍，但是，我们现在需要你这样的人，你的社交关系可以帮我们打开许多门路，当然，我们也会给你十分丰厚的回报。”达斯科·波波夫立刻装作十分兴奋的样子答应做德国的间谍。

第二天一早，达斯科·波波夫就跑到英国大使馆通报这个消息。这次接待他的是英国军事情报第六处驻巴尔干的头目。听了他的汇报后，这位情报头子说道："一定要想方设法与他们建立密切联系，要求他们给你充足的准备时间，我判断他们也许会把你派到伦敦或者某个中立国家。除此之外，你还要向他们透露这样一个信息：你在伦敦有一个外交官朋友，他现在正需要一大笔钱，而且你认为他可以成为

你的帮手，用外交邮袋来为你传递情报。”

达斯科·波波夫照做了，果然门津格对此十分感兴趣，很快就约他见面详谈。一见面，门津格就按捺不住地问了一些关于“外交官朋友”的问题，并给了达斯科·波波夫一瓶密写药水，还向他说明了怎样使用密码、如何接头联系等各种事项。从此以后，达斯科·波波夫就作为一名德国与英国双面间谍开始了自己的工作。

几周后，英国情报机构给达斯科·波波夫安排了一项重要任务——搜集“海狮行动”的所有情报。“海狮行动”是希特勒为尽快征服英国而亲自拟订的一个对英国的作战计划。恰好，就在这个时候，门津格告诉他，上头决定把他派到英国去，要求他搜集有关英国的城市地貌、人口分布、政府机构、军事设施等各项情报。达斯科·波波夫立刻意识到了自己此行的任务是为“海狮行动”提供轰炸目标，这正中他的下怀。

半个月后，双面间谍达斯科·波波夫乘坐飞机来到了英国首都伦敦。一下飞机，英国情报机构就派人来迎接他，把他带到了他真正服务的部门——英国军情六处。在这里，大约有十二三个官员对他进行了为期四天的严格审问，就差对他严刑拷打了。直到他们确认一切都真实可信以后，军情六处的负责人斯图尔特·孟席斯才接见了他。

稍作休整之后，达斯科·波波夫就在军情六处的协助之下，开始做德国情报机构安排给他的情报搜集工作。当然，他提供给德方的资料全都是经过军情六处伪造的。比如，他拍了一个伪造飞机场的照片，记录了一些飞机和军舰的数目与型号，描绘了重要地区的地形图，还用照相机拍了许多海军方面的“情报”。德国人收到他的情报以后，对他赞不绝口，认为他的工作是十分有价值的。

达斯科·波波夫用密写的方式为德国情报部门提供了大量的伪情报，并且还在英国军情六处的授意之下，谎称由于情报太多、体积太大、份量太重，不方便通过邮寄的方式提交，必须当面转交才行。事实上，这是为了刺探德国情报部门的内部组织而设计的一个计策。

为了获得情报，德国情报部门当然答应了他的请求。就这样，达斯科·波波夫回到了德国情报机关总部，按照事先制订的联络办法，与上司接上了头。和英国情报机构一样，德国人也对达斯科·波波夫进行了一番细致且持久的审讯，对情报的每个微乎其微的细节都要盘根问底。最后，德国人向波波夫泄漏了一个机密信息：“过不了多久，你就不用再去为外交邮袋和其他传递材料的途径而操心了。我们正打算启用一个小玩意儿来传递情报，把一整页材料缩小到只有一个小点那么大的微型胶片上，然后通过显微镜来查看信息，我们把它称为‘显微点’。”

这个信息是达斯科·波波夫此行的重要收获之一，他立刻将其汇报给了英国军情六处。

第二次世界大战之所以能够以正义战胜邪恶，达斯科·波波夫以及与他一样的间谍工作者们所作出的贡献是不可估量的。正是因为他们以身犯险，冒死获取情报，盟军才能打败德国法西斯，获得最终的胜利。历史不会忘记这些为人类幸福而无私奉献的人们！

达斯科·波波夫在约翰尼·杰伯逊的策动之下成为了一名德国间谍，但他并没有心甘情愿地为德国法西斯做事，而是以这个幌子掩饰自己英国间谍的真实身份，为自己获取德国军方的机密情报提供便利。

悟理

战争给我们留下了惨痛的记忆，也留下了英雄。为了维护正义，达斯科·波波夫只身埋伏在纳粹“狼穴”，冒着生命危险搜集情报，在黑暗的世界里为人们点亮了一线曙光。正义必将战胜邪恶，只要我们的心中长存正义之光。

间谍中的“明珠”

武尔夫·施密特是谍报史上一位闪耀着独特光芒的天才人物。他是德国和英国双重间谍，在第二次世界大战期间，他一方面为同盟国搜集重要的、甚至可以直接改变战争进程的政治、军事情报，为正义战胜邪恶贡献出了自己的全部力量；另一方面，他又以足以乱真的假情报成功地将纳粹德国蒙在鼓里，以至于到战争结束以后，德国法西斯依然认为他是对纳粹忠心耿耿的优秀间谍。他的精彩表演受到人们交口称赞，他的卓越贡献令世人铭记于怀。

武尔夫·施密特的父亲是一位德国人，母亲是丹麦人。第一次世界大战刚刚打响的时候，德国陷入了一片兵荒马乱之中，于是母亲就把他从德国带到了丹麦，他们在丹麦和德国的边境地区定居下来。武尔夫年轻的时候曾经非常崇拜希特勒，对其所著《我的奋斗》中的思想观念十分认同，是个不折不扣的纳粹追随者。在大学时代，他就投身于维护祖国的狂热行动，后来还加入了纳粹党。

武尔夫·施密特的活跃使德国情报机关注意到了他，招募他为秘密间谍。在接受了严格的训练之后，武尔夫·施密特表现出了越来越出众的间谍才能，上司阿布威对他十分欣赏，把他派往英国执行任务。

1940 年 9 月 19 日晚，武尔夫·施密特按照德国情报机关的安排登上了一架德国军用飞机，向着英国的方向飞去。此时的他根本不知道自己正在飞向英国方面早就严阵以待的天罗地网中。到了预定降落点以后，武尔夫·施密特打开了降落伞，可是就在降落的过程中，他发现自己漂移的方向正在发生偏移，离一个高射炮群越来越接近，但是对方的炮兵似乎一点儿也没有察觉到他，没有做出任何反应。

落地的时候，他的降落伞不小心撞到了一棵树，他的脚踝扭了一下，受了伤。把降落伞埋好以后，武尔夫·施密特整理了一下无线电收发报机，然后强忍着疼痛向旁边的一个小村庄走去。快要走到村口的时候，一个英国巡逻兵发现了他，他的口音以及伪造的英国身份证暴露了他的身份，这位巡逻兵立即意识到他很可疑，把他带到了附近的警局。

其实，武尔夫·施密特在空降之前就已经被一个朋友出卖了。英国军情五处的情报人员早就摸清了他的降落地点，并且通知了陆军和警察当局，还安排了一些人手在附近的某个地方等着他。正当他们对武尔夫·施密特进行观察的时候，那名巡逻兵出现了。

紧接着，武尔夫·施密特被带到了军情五处。英国人一看到他，就用德语和他对话，还非常有礼貌地招待他，让武尔夫·施密特完全弄不清状况。

军情五处的情报人员对他进行了一连串的审问、威胁甚至诱惑，但这些都没有撬开武尔夫·施密特的嘴。为此，英国人十分着急，因为他们希望能够拉武尔夫·施密特下水，做自己的双重间谍。而德国情报机关一定期望他在三天之内汇报自己的情况，否则的话就会判断出他已经死了或者被俘了。到那时，让武尔夫·施密特做双重间谍就是不可能的事情了。

其实，此时的武尔夫·施密特已经猜到自己可能被朋友出卖了，随着时间的推移，他逐渐意识到，如果自己不合作，也许等待他的将会是严酷的绞刑架。等到审问官告诉他，他的朋友已经被捕，并且把一切都招了的时候，他的心理防线彻底崩溃了。就这样，军情五处顺理成章地攻下了这个堡垒，将武尔夫·施密特发展成为自己控制下的双重间谍，代号“塔特”。

军情五处给武尔夫·施密特下达的第一个命令就是发一份电报给德国方面。为了证明武尔夫·施密特已经完全站到了英国这一边，军情五处还要求他在电报中向德国方面申请经费以及一个收发报机电子管，要求派一个间谍把这些东西带来。阿布威很快就回复了，答应了他的请求。结果，派来的间谍一着陆就被军情五处逮捕了。此时，军情五处终于确信，武尔夫·施密特已经彻底归顺了自己这一方。

德国人却天真地认为武尔夫·施密特正在兢兢业业地完成自己的任务，于是又给他布置了更多的工作，比如：在福克斯通、利明和奥尔厂通地区有没有会阻碍空降的建筑物或机械装置？在切斯特以西之哈瓦登是不是已经建成一家维克斯地下工厂？武尔夫·施密特就和英国军情五处合作，为德国人提供假情报。

提供假情报，说来容易做来难。但是在军情五处的协助下，武尔夫·施密特的假情报里也添加了一些真实可信的内容。德国人因此对他从来没有产生过怀疑。武尔夫·施密特还曾经被允许泄露关于空袭迪埃普的准确情报，以此使德国人相信他以后所提供的在北非登陆和在诺曼底登陆的假情报也是真实可信的。

在英国方面看来，武尔夫·施密特是双重间谍的杰作，称赞他道："武尔夫是我们最可信赖的无线电谍报员之一，而且保持了长距离通讯记录。他帮助我们从德国人那里搞来了大笔金钱。直到最后，他仍被德国人认为是间谍中的'明珠'。"

而在德国方面的档案却是这样写的："武尔夫到达伦敦后不久就开始为我方异常勤奋地工作。除按时发给我们气象预报以外，他发来了关于机场及其他战略目标的情报。"

战争结束后，武尔夫·施密特感到没有脸面回德国，于是申请在英国定居，此后，他再也没有回到过自己的祖国。

"反间者，因敌之间而间之也。"其奥妙在于在布下一重重疑阵之后，能使来自敌人内部的间谍归顺于我。军情五处策反德国情报机关派来的间谍武尔夫·施密特使用的就是反间计。以假乱真，使德国方面上当受骗，信以为真，在他们的误导之下，做出了错误的判断，采取了错误的行动。

武尔夫·施密特在正义与邪恶之间选择了正义，他不但使自己的生命变得伟大，还拯救了无数在深渊中挣扎的人们。与之相反的是，有些人因为难以舍弃眼前的蝇头小利，而忽视了更为长远的目标，结果反而因小失大。在选择面前，我们必须保持清醒的头脑，因为一个小小的选择也许会决定我们一生的命运。

珍珠港谍影

1941年6月22日，希特勒撕毁了苏德互不侵犯条约，发起了苏德战争。这场战争打响以后，全世界的目光都在注视着日本，猜测日本的下一步行动将会是什么：是在西伯利亚对苏联部队发起进攻助德军一臂之力，还是向南挺进太平洋？

1941年7月22日，日本召开了一次御前会议，在会上，制定了向南挺进到太平洋的决策。日本人深知，要想成功实施这个决策，必须要踢开美国这只拦路虎，尤其是要消灭美国的太平洋舰队。然而，太平洋舰队实力雄厚，要想打败他们，必须要对舰队的各种军事情报及其动向了如指掌才行。

美国太平洋舰队的司令部设在夏威夷的珍珠港，因此，日本海军就开始制订袭击珍珠港的作战计划。日本海军司令山本五十六认为，能否成功打下珍珠港，一个非常重要的先决条件就是要确定美国太平洋舰队的主力舰只是不是停泊在港内。要是攻击的时候舰队的主力舰只不在港内，那么，整个袭击行动就是失败的，后果将会非常严重。

为此，日本海军情报机构向日本驻夏威夷总领事馆派去了一名间谍。这名间谍叫做吉川猛夫，是一位海军少尉情报官。他的任务是以领事馆秘书"森村正"的身份作为掩护，对美国海军舰只在珍珠港里的停泊情况进行搜集和调查，从而为日本袭击珍珠港提供可靠的依据。

珍珠港是美国的军事禁区，守卫森严，港湾的四周围绕着铁丝栅栏，在各个重要的地点和路口都安排了荷枪实弹的哨兵，还有警察隐藏在道路两侧的树林里暗中监视着人们的一举一动。如果谁的举动异常，就可能招来警察的盘问和驱逐。

当时，除了日本驻夏威夷总领事馆的领事喜多永男之外，没有人知道吉川猛夫的真实身份。他整天寻欢作乐、痴迷于灯红酒绿的生活，表现出一副花花公子的做派。人们见了他总会摇摇头。然而，实际上，吉川猛夫利用一切机会调查珍珠港美舰的动向。开车出去兜风的时候，他会特意绕到珍珠港附近；在水边钓鱼的时候，虽然看起来他全神贯注，其实他的眼睛一直紧紧盯着珍珠港，不放过一丝动静。

“春潮楼”是一家日本人开设的酒馆，这里地势相对较高，位于珍珠港的背面，既没有哨兵把守，也没有警察悄悄埋伏，因此，是观察珍珠港内舰船活动的最佳地点。于是，吉川猛夫就成了“春潮楼”的常客。正是在这家酒馆，吉川猛夫搜集到了美国舰队出港的时间、编队等重要情报。有一天，吉川猛夫在“春潮楼”留宿，第二天清晨，当他打开窗户望向珍珠港的时候，马上被眼前的景象惊呆了：庞大的舰队正在启航，悄悄地驶离港口。这是一个意外的重大发现。根据这个情景，吉川猛夫推测，美国舰队应该是在早上和傍晚进出珍珠港。

出租车是吉川猛夫经常乘坐的交通工具，他和出租车司机们混得特别熟。因为司机们长期在岛上开车，几乎去遍了这里的每个角落，对于岛上的地形地势都十分了解，从他们那里，可以得到很多情报。一次，吉川猛夫坐着出租车到处参观，快到珍珠港的时候，吉川猛夫看到前面出现了一个军港，港里露出了一个圆顶的仓库，巨大的飞机腾空而起。于是，吉川猛夫断定，这一定是美军一个重要的海军航空兵基地。为了证实自己的推测，他装作非常迷茫的样子，问司机：“这架飞机实在是太大了，那就是巨型旅客飞机吗？”

司机听后，立即对他进行解释，原来，这里是希卡姆陆军航空基地。刚刚起飞的是基地里刚刚调来的 B—174 引擎大型轰炸机。就这样，从司机的回答中吉川猛夫得到了希卡姆陆军航空基地的位置及该基地飞机型号、战斗性能等重要情报。

为了进一步了解珍珠港内的具体情况，吉川猛夫还拜访了很多人。他听说珍珠港内住着一位日本业余天文学家，就立刻动身前去拜访。这位天文学家十分热情地接待了他，还口若悬河地对他讲起自己在这里几十年来对天文气象进行观测的收获。吉川猛夫敏感地意识到这里面一定会有有用的信息，于是就做出了一副洗耳恭

听的样子。果不其然，这位天文学家对他说：三十年来，夏威夷没有经历过一场暴风雨，而且以瓦胡岛上东西走向的山脉为界线，北面总是阴天，而南面则总是晴天。

吉川猛夫听了以后，如获至宝。因为天气对于作战，尤其是海空作战有着至关重要的作用，如果日本要发动太平洋战争，那么，这个信息是非常关键的。

他把这个情报默默地记在了心里，后来，东京方面果然向他询问夏威夷的气象情况。吉川猛夫就用从天文学家那里获得的信息做了汇报。

就这样，日积月累，吉川猛夫搜集到了一份完整的珍珠港美舰驻泊部署变化情报资料。到珍珠港战役发生之前，吉川猛夫一共向东京海军情报机构发出了二百多份电报，几乎平均每天发一份电报。

1941 年 12 月 7 日，日本海军集中了一支总共有 31 艘战舰的庞大舰队，神不知鬼不觉地驶过几千里的大洋，以迅雷不及掩耳之势，向着被公认为世界上防御最强的美国太平洋海军基地——珍珠港发起了猛烈的袭击。只用了两个小时的时间，这座美丽的军港就变成了美军的坟墓。

日本突袭珍珠港之所以能够成功，日本海军的情报机构，尤其是吉川猛夫在战前所提供的大量情报功不可没，可以说，正是这些情报为日军的袭击铺平了道路。

炼智

《孙子兵法·用间》篇说：贤君良将之所以能够一出兵就战胜敌人，最重要的原因是他事先了解敌情。行军作战，最关键的不是秣马厉兵，而是知己知彼。对敌军的信息了如指掌，自然也就胜券在握。吉川猛夫从各方面搜集珍珠港的天气、水文、地形信息和美军基地、飞机、舰艇的部署等，使得日本还未开战就已经稳操胜券。

悟理

知己知彼，百战百胜。其实，不管我们做什么事情，都要事先做好调查工作。只有对你将要面对的情况了如指掌，才能进行充分的准备，做出最好的选择。学习上也是如此，要把所学的知识融会贯通，充分利用起来，才能日渐精进，获得长足的进步。

改变战争进程的女人

都说“战争让女人走开”，但辛西娅绝对是一个例外。这位美艳动人、充满勇气和智慧的非凡女性，在第二次世界大战期间大显身手，为盟军在北非顺利登陆作出了无与伦比的贡献，直接改变了战争的进程。

辛西娅是个天生的间谍，她身材颀长，腰肢纤细，长着一头金色的头发、一双蓝色的大眼睛还有一个睿智的头脑。她知道自己的优势是什么，并且能够充分利用自己的特长，准确无误地击中男人最容易触发感情的地方，使他们为己所用。这种才能使得辛西娅在间谍战中战无不胜。

西班牙内战爆发之前，辛西娅就已经成为了一名英国间谍。1937 年，战争的阴影已经隐隐若现，辛西娅随同丈夫一起调往华沙。在华沙，根据英国情报机构的命令，辛西娅施展自己的才能，从波兰外交部部长助理那里得到了许多重要机密文件。她的丰厚成果使英国情报机构对她刮目相看，间谍头子威廉·斯蒂芬森说服她与丈夫分居，把她派往了美国首都华盛顿。

英国情报机构把她安排在位于华盛顿乔治城希克区的一座两层楼房里，这里不但是她的住所，也是她捕获男人的一个据点。第一个被她捕获的人是意大利的一个海军武官。这个中年男人被她吸引了，心甘情愿地堕入她的情网，没过多久，他们就无话不谈，意大利军官还向她坦诚自己对希特勒——墨索里尼这辆“双轮马车”不怀好感。辛西娅则告诉她，自己是一名美国间谍，把她实际上的东家英国情报机构隐瞒了。这位意大利军官对她十分信任，还向她提供了密码。利用这个密码，英国皇家海军将位于地中海东部的意大利海军的所有通信联系都破译了出来，意大利舰队之所以会在马塔庞海峡附近的希腊海面上全军覆没正是因为这个密码的泄露。

后来，英国情报机构又把辛西娅调到了纽约，并且交给她一项无比艰难的任务：想方设法把法国维希政府驻华盛顿大使馆与欧洲之间的全部通信手段及秘密材料弄到手。辛西娅知道这很难，但她还是毫不犹豫地接受了这个任务。

在纽约，辛西娅先是花了大量的时间了解法国大使的个人经历以及生活习惯等情况，然后以美国新闻记者的身份要求采访法国大使。法国大使馆对她的身份并没有怀疑，同意了她的请求。

1941 年 5 月，辛西娅获得准许进入了法国大使馆。她知道自己的美貌是最好的武器，而且法国人对于女性的风度尤为注意，因此，她在穿着上十分注意。接待她的是新闻专员布鲁斯。

果然如她所料，布鲁斯眼前一亮，对她一见钟情。因此布鲁斯并没有急着带她去见大使，而是主动和她攀谈了起来。

辛西娅离开法国大使馆的时候，布鲁斯一直把她送到了门口，还情不自禁地吻了她的手。

第二天，她就收到了布鲁斯送来的一束玫瑰花和一份请柬，布鲁斯希望她能够赏光，和自己一起去加尔顿旅馆吃午餐。辛西娅当然不会拒绝，他们在加尔顿旅馆度过了一个愉快的中午。

辛西娅只用几天的时间就彻底征服了布鲁斯，并且使布鲁斯心甘情愿地成为她的情报提供者。当布鲁斯发现自己心仪的女子竟然是一名间谍时，非常震惊，但最终还是决定和她站在一起。布鲁斯神不知鬼不觉地把达尔朗给大使馆的来电以及海军武官的复电偷了出来，全都交给了辛西娅。英国情报机构得到这些电报之后，及时采取了保护措施，在美国港口停泊等待修理的英国战舰才没有遭到纳粹间谍的破坏。

更令辛西娅自豪的是，她和布鲁斯通力合作，一起窃取了法国大使馆里维希政府海军使用的密码。

事情的经过是这样的：辛西娅反复考虑了之后，认为要想得到密码簿，唯一的办法只能窃取。于是，她向英国情报机构申请，希望他们找来一名撬保险柜的专家。英国情报机构为此找来了一个外号叫“佐治亚大盗”的加拿大人。

可是，难题是怎么把这个撬锁专家带进大使馆？使馆不但守卫森严，而且还有荷枪实弹的卫兵在巡夜，他们还牵着一条鼻子和耳朵十分灵敏的警犬。几经思量，辛西娅他们制订了一个非常大胆的行动计划。

布鲁斯对巡夜的人说，自己这几天要在使馆加班到很晚，希望他们不要大声嚷嚷，因为一个女朋友将陪着他，要是让他妻子知道就完了。

巡夜人领会了他的意思，感到自己得到了信任，因此，当布鲁斯悄悄把辛西娅带进来的时候，巡夜人并没有发现其中的端倪。

然而辛西娅对于撬锁并不在行，于是前两个晚上都以失败告终，不得已之下，布鲁斯只好在第三个晚上把“大盗”也带了进来。但不巧的是，他们刚走进大使馆，就发现巡夜人正在向他们走来。辛西娅急中生智，立即对布鲁斯说：“快，快，把衣服脱了！”于是两个人赤身裸体搂在一起，躺在一个阴暗处的沙发上。巡夜人看到他们以后，惊恐不已，连声道歉，赶忙回避，再也没到这里来。

巡夜人前脚刚一离开，他们就让“大盗”撬开保险柜，取出密码簿，从窗口递给埋伏在花园里的其他间谍，由他们在汽车里把密码簿逐页地拍了下来，然后布鲁斯再把密码簿放回原处。整个过程如行云流水，干净利落。

1942 年 6 月，盟军成功占领了马达加斯加，这完全得益于辛西娅从法国大使馆偷到的维希政府密码簿。

炼智

辛西娅以自己的美貌为诱饵，“引鱼上钩”，捕获那些能够向自己提供重要情报的军官们，让他们心甘情愿为自己服务，从而获取了大量机密情报，使英国情报机构可以根据这些关键情报对战争部署进行调整，从而赢得战场上的胜利，她利用自己的聪明才智直接改变了战争的进程。

悟理

无论做什么事情，都要用心对待，认真思考，不要敷衍塞责，只有这样，才能最大程度地发挥你的聪明才智，把简简单单的事情做到极致。千万不能轻言放弃，更不能半途而废，只有坚持走到最后的人，才能真正获得成功。

神奇的间谍大师
鲁道夫·阿贝尔

1962年2月的一天，天空中布满阴霾，乌云笼罩着大地。在东德与西德交界处的一座铁桥的两端，密密麻麻地站着许多神情肃穆的军警，他们荷枪实弹，如临大敌。

过了一会儿，从铁桥的两端分别跑出来一队士兵，从他们的军服上能够清楚地看出他们是美国海军陆战队宪兵和苏联克格勃特警。紧跟在他们身后的分别是一个美国人和一个苏联人。

苏联代表手里紧紧握着一份由苏联最高苏维埃主席团签署的特赦令，高声喊道："交换！"听到他的喊声以后，美国代表从公文包里取出了一份由约翰·肯尼迪总统亲自签署的文件，大声宣读了起来，证明这个即将被交换的苏联人是无罪的。

冷战时期，美国与苏联之间经常这样进行重要间谍的交换。这次，双方交换的是苏联间谍鲁道夫·阿贝尔和美国侦察机驾驶员鲍尔斯。其中，最为引人注目的是苏联间谍鲁道夫·阿贝尔。他为苏联立下了卓越的功勋，被称为苏联英雄。当他被美国军方逮捕之后，苏联领导人葛罗米柯和美国总统肯尼迪都曾经密切关注此事。

鲁道夫·阿贝尔究竟是谁？他是如何成为美国和苏联都尤为关注的人物呢？

1904年7月鲁道夫·阿贝尔在莫斯科出生，他从小就表现出了过人的聪明，20岁的时候就精通包括德语、波兰语、希伯来语在内的六国语言。他的非凡天才引起了苏联谍报部门的注意。苏联国家政治保卫局（苏联克格勃的前身）对他进行了为期不短的秘密考察，认为他是个不可多得的间谍人才，于是他们找到鲁道夫·阿贝尔，希望他能够利用自己的才能“保卫祖国”。

鲁道夫·阿贝尔被说服了，接受了苏联国家政治保卫局的邀请。1927 年 5 月 2 日，他正式加入情报机关，开始了作为一名间谍必须经历的严格训练。在训练中，他表现得非常出色，很快就精通谍术，而且他还有一项与众不同的本领——善于伪装，装什么像什么，能够成功地扮演各种不同角色。

1939 年，鲁道夫·阿贝尔潜入被德军占领的波兰，他把自己乔装打扮成纳粹主义的狂热崇拜者，寻找一切与德军和纳粹党接触的机会，并且如愿以偿地混进了德军最高统帅部情报局，成为了一名司机，还跟随德军一起来到了苏联战场。

1941 年，鲁道夫·阿贝尔所在的部队在战场上将一支苏联部队团团围住，对方拼死挣扎，但是由于人数远远少于德军，因此寡不敌众，眼看就要落败了。这时，战场上突然出现了令人惊讶的一幕：苏联部队用自己的全部火力掩护一辆重型坦克，让它进行突围。

德国指挥官马上意识到这辆坦克上一定有非同寻常的人物或者文件。于是，他命令自己的手下组成一个突击队，对这辆坦克进行拦截。在苏联猛烈的火力面前，德国士兵一个又一个倒在了战场上。德国指挥官气得咬牙切齿却无计可施。

鲁道夫·阿贝尔在一旁一直密切关注着战场上的形势。当他发现坦克已经停下不再突围之时，立即意识到里面的人可能中弹而亡。于是他端起自己手中的枪，向德国指挥官请命，要求独自一人接近那辆坦克，探探虚实。德国指挥官看到他不顾个人安危，立刻对他投来了赞许的目光，批准了他的请求。

鲁道夫·阿贝尔猫下腰小心翼翼地靠近了那辆坦克，并且利用苏联部队的射击死角，爬进了坦克内部。果然，坦克里的人都已经阵亡了，在他们身边，还放着一包高度机密的文件。他以最快的速度把文件烧掉，然后迅速跃起，把坦克炸了个粉碎。愤怒的苏联人立即将子弹射向他。他身中数枪，一下子昏死了过去。

等到他醒过来的时候，发现自己正躺在医院里。德国高层被他的英勇献身精神所感动，颁发给他一枚“铁十字”勋章，并给他升了官，他从一名默默无闻的司机一下子成为了情报官。

与此同时，他还收获了另一枚勋章——克里姆林宫授予他的“苏联英雄”称号。因为鲁道夫·阿贝尔利用德国人给予他的信任，源源不断地将核心机密发送到了苏联。他甚至还把盖世太保头子希姆莱的代表与美国间谍头子杜勒斯在瑞士的密谈内容都搞到了手。敌对的两个国家同时授予同一个人代表荣誉与信任的勋章，这在世界间谍史上几乎是前所未有的。

但间谍的生涯总是充满着各种各样的危险。1957 年，鲁道夫·阿贝尔被自己的助手出卖给了美国中央情报局。于是，美国中央情报局决定对他进行秘密逮捕，希望把他变成为美国人服务的双重间谍。

当美国中央情报局的人进入他的住处的时候，鲁道夫·阿贝尔并没有惊慌失措，而是表现出了出奇的镇定。他想方设法转移对方的注意力，趁机把自己的超微密码本扔进了马桶里，用水将其冲走。中央情报局的人对此竟然毫无察觉。

面对美国方面的要求，鲁道夫·阿贝尔表现出了异常坚决的态度，他断然拒绝了他们，因为他只愿意为自己的祖国服务。1957 年 11 月 15 日，鲁道夫·阿贝尔被美国方面判处了三十年监禁。但他实际上只在监狱里待了四年多，1962 年 2 月 10 日，苏联用美国 U-2 高空侦察机驾驶员鲍尔斯，将鲁道夫·阿贝尔交换了回来。

炼智 从鲁道夫·阿贝尔几十年的谍报生涯，我们能够看出他的才能与智谋发挥了非常重要的作用。他善于随机应变，处事冷静不惊而又富有谋略，这些都是他作为一名间谍的成功之处。这也生动地证明了我国古代军事家孙子所说的“上智者为间”的道理。

悟理 不管是计划、目标还是成绩，都是从思考中得来的。你的思考能力是你所拥有的非常宝贵的财富。不管你是用智慧的方式还是用愚蠢的方式来运用你的思考，它都会显示出令你惊讶的力量。学习正确的思考吧，只有正确的思考，能帮你克服坏习惯，防止挫折的侵袭。

火炬行动

1942年7月，美英两国制订了一个“火炬行动”计划，火炬行动分为两条线路，一是由蒙哥马利将军率领第八集团军一举攻破阿拉曼防线，自东向西痛击“沙漠之狐”隆美尔军团；二是英美联军登陆北非，自西向东进攻德国部队，把北非的德军一网打尽，将地中海控制在自己的手中。

可是如此大规模的行动，很难不引起德国人的注意，一旦被他们识破，盟军的行动计划就前功尽弃了。因此，在计划实施之前，必须让德国人无法猜到这庞大的军旅要去往哪里、去做什么，并且设法把驻扎在法国境内的德国大部力量拖住，使他们不能及时增援北非。

为此，一场为掩护“火炬行动”的情报迷惑战打响了，这就是“独唱一号”行动计划。

当时，盟军已经确定了三个登陆地点：位于北非西部的卡萨布兰卡、阿尔及利亚的奥兰以及阿尔及尔。“独唱一号”的任务就是确保这三个登陆点的保密性。为此，“独唱一号”制订了一个代号为“推翻”的计划，在各地散布假情报，让德国人误以为盟军的目的是出征达喀尔和增援马耳他岛。

两名间谍接到任务以后，就乔装打扮成难民，来到了卡萨布兰卡。德国官员很快就注意到了这两个奥地利“难民”，并且调查了解到他们对盟军的调动情况有所耳闻。于是，德国人主动找上门来了。

“对美国和英国军队的情况你们了解多少？”

“他们很快就有大行动了！”

德国人果然上钩了，他们饶有兴趣地问道：“是什么大行动？”

“听说他们要去攻打达喀尔。”一名“难民”说道。另一名“难民”打断了他：“不，还有人说他们要去增援马耳他岛！”

德国人一听，立即如获至宝，赶紧把这个情报汇报给了德国最高统帅部。

与此同时，英国情报局还让媒体不断发表大量的关于马耳他的报道，强调这个岛情况如何紧急，资源如何匮乏，如果不及时增援可能就撑不住了。

就这样，德国越来越相信自己获得的情报的准确性，因为所有的情报都指向了达喀尔和马耳他岛。

当间谍们想尽办法迷惑德国人时，“火炬计划”的其他成员也没闲着，他们在北非的战场上紧锣密鼓地部署着一场秘密战。

1941 年，美国与法国签订了一项贸易协定。协定中指出，美国将向法国的非洲殖民地出售棉花、食糖、石油产品及其他的必需品。但法国政府不能把这些东西交给轴心国，必须要由美国派观察员来监督物品的分配。顺理成章地，美国的十二名间谍就成为了“食品控制官”被派往法属北非各地。

一开始，德国人对这些“食品控制官”十分紧张，还派人监视他们，但没过多久德国人就彻底放心了，因为这些美国人不是到处闲逛就是寻欢作乐，能成什么气候？

其实，美国人在游手好闲的掩护下，一直秘密搜集法国殖民军的军事情况，甚至绘制出了港口设施图，还与试图摆脱法国维希政权的一些军官进行了联系，比如法国武装部队总司令达尔朗、吉罗德将军。最后，盟军经过认真权衡以后，选中了吉罗德将军作为合作者。盟军希望兵不血刃地占领北非，而德国人却一直被蒙在鼓里，毫无察觉。

为了掩护盟军舰队进入北非海滩，打入北非内部的“食品控制官”们还精心筹划了一个绑架行动。

他们把两个对北非港口和水文情况了如指掌的专家绑架到了英国，被吓得魂飞魄散的专家们得知盟军的要求以后立刻答应了下来。只要能免于一死，他们有什么不能干的呢?

为了应对盟军的这次重大军事行动，德国人简直已经忙晕了。他们不但把众多潜艇和战舰召集起来，把它们秘密派往法属西非海岸，在那里潜伏下来，等待着攻击开往达喀尔的盟军舰队，而且还让驻扎在西西里基地的德国空军部队在离盟军登陆地点三百海里以外的地中海上空不停地盘旋、监视，一旦驶往马耳他岛的盟军运输船队出现，他们就会给以毫不留情的痛击。

可是，德国人的精心部署全都落空了。盟军部队没有出现在达喀尔和马耳他岛这两个在他们看来铁板钉钉的登陆点，而是突然出现在北非海岸!

此时的希特勒正在慕尼黑参加“啤酒馆暴动”胜利十九周年纪念会，接到报告后，他勃然大怒，质问自己的手下:“不是在西非登陆吗?为什么盟军会出现在北非?你们能给我一个合理的解释吗?你们这些饭桶!”

希特勒的手下当然无法解释，他们只能在心里咬牙切齿地骂盟军“狡猾”“卑鄙”，可是，无论如何，一切都已经无法挽回了。

1942年11月11日，维希政府驻扎在北非的法国部队招架不住盟军的猛烈攻势，终于放下武器，向盟军投降。盟军在北非站稳了脚跟，稍作休息调整之后，就开始按照“火炬行动”的预定计划自西向东对德、意军队发起了攻势。

此时，被称为“沙漠之狐”的德国非洲军团司令埃尔文·隆美尔正患着严重的黄疸病，盟军的出现让他措手不及，甚至都没有任何作战准备，他眼睁睁地看着自己迟迟得不到后勤补给的部队被打得节节败退，战斗力不断被消减，却无能为力，只能仰天长叹。最后，在盟军的东西夹击之下，隆美尔勉强抵抗了一段时间之后，就狼狈地退出了非洲，把非洲地盘拱手让给了盟军。

就这样，盟军精心策划的“火炬行动”终于画上了一个完美的句号。

炼习

为了确保“火炬行动”的顺利实施，英美联军派出了大量的间谍，一方面四处散布假情报，扔给德国人一个又一个的烟雾弹，让他们对虚假的信息信以为真，把作战准备的重点放在了错误的方向上，另一方面还不断刺探德国人的反应，根据他们的反应将自己的军事部署做出及时调整。最终，德国人中了他们的计，被打得一败涂地。

悟理

俗话说：“先谋而后动。”无论做什么事情，一定要先做好充足的准备，制订周密的计划，然后再开始行动，才能事半功倍，加大成功的概率。生活中也是如此，这也是为什么在学习中一再强调“预习”的重要性。预则立，不预则废，只有预习了，才能对整个课程事先有所掌握、做好准备，才会使知识更加融会贯通。

千面间谍艾伦·杜勒斯

在美国中央情报局总部的门口，竖立着一座浮雕像，上面有一句题词："纪念他——和我们周围的一切"。"他"指的是美国中央情报局的创建者、美国第一号间谍艾伦·杜勒斯。

艾伦·杜勒斯是美国情报史上的一个传奇人物。组建中央情报局的时候，他所倡导的情报理念曾经深深地打动了美国国会议员以及普通民众的心。这之后，他成为了美国历史上任期最长、最具影响力的中央情报局局长。他既不是死于刀光剑影之下，也没有葬身战场之中，而是因为患了严重的亚洲型流感而引起了肺部并发症，在乔治城大学的医院里悄无声息地与世长辞。

在成为间谍之前，艾伦·杜勒斯是一个律师，1941年7月，快要50岁的艾伦·杜勒斯做出了一个艰难的决定：离开律师岗位，加入刚刚成立的美国战略情报局（中央情报局的前身）。最初，美国战略情报局主要负责为总统提供战时情报。

第二年，艾伦·杜勒斯以"美国驻瑞士大使特别助理"的身份被派往中立国瑞士，从此开始了他的间谍生涯。

作为一名间谍，艾伦·杜勒斯可以说是一个"千面人"。他不但是脚步遍布整个欧洲的私人律师，还兼任施罗德银行纽约分行的经理。通过这家银行，艾伦·杜勒斯买通了弗兰茨·蒂森联合炼钢厂和有名的法本工业化学托拉斯。作为一个银行家，艾伦·杜勒斯一直在与德国法西斯保持着密切的联系，然而，作为间谍，他又始终锲而不舍地与他们进行斗争。

对德国进行渗透是美国战略情报局在瑞士设立工作站的一个主要原因。在潜入瑞士之前，美国战略情报局的负责人就曾经交代过艾伦·杜勒斯：在德国内部存在着一支反对希特勒的地下势力，要找准机会与他们接触并建立联系。

经过仔细调查之后，艾伦·杜勒斯发现德国驻伯尔尼领事馆副领事汉斯·吉斯维乌斯与反对希特勒的地下势力似乎有某种联系，于是，他开始想方设法接近汉斯·吉斯维乌斯。汉斯·吉斯维乌斯对艾伦·杜勒斯并不反感，相反，他们还有很多共同语言，非常谈得来。最重要的是，汉斯·吉斯维乌斯对希特勒充满了厌恶。因此，很快，艾伦·杜勒斯就达到了目的。

一次，汉斯·吉斯维乌斯对艾伦·杜勒斯说："我可以列出一个愿意看到希特勒早点离开这个世界的德国将军的名单，并且还可以帮助你和他们取得联系。"他还透露："3月13日，一个爆炸装置将会被安放在希特勒的座驾之上。"作为回报，他希望从艾伦·杜勒斯那里得到一个保证：一旦德国发生了政变，美国政府和罗斯福总统必须对政变进行支持。

艾伦·杜勒斯最初十分高兴，但听完了他的要求以后，又开始犹豫了起来。见对方迟迟不做决定，汉斯·吉斯维乌斯就从口袋里拿出自己一直随身携带的笔记本，翻开其中一页念了起来。那是不久前艾伦·杜勒斯刚刚从瑞士发往美国华盛顿和英国伦敦的一份报告，在报告中，他认为意大利外交部长有意掀起一场推翻其岳父、意大利法西斯统治者墨索里尼的政变。报告使用的是美国大使馆通用的外交密码，但是却被德国人破译了。汉斯·吉斯维乌斯告诉他，是德国海军观察处大名鼎鼎的X-B机构将这种密码破译了，现在他的报告已经被呈送给了希特勒，希特勒又把报告转交给了自己的盟友墨索里尼，因此，政变已经没有爆发的可能了。

此时，艾伦·杜勒斯已经开始相信汉斯·吉斯维乌斯的诚意了。他没有换掉已经被破译的密码，因为一旦这样做就会打草惊蛇，使德国人有所警觉，进而通过检查文件分发的范围找到泄密的人。所以现在这套密码只能用来欺骗德国人。

通过汉斯·吉斯维乌斯，艾伦·杜勒斯与德国高级军官中反对希特勒的势力“黑色乐队”建立了联系。

如同汉斯·吉斯维乌斯所说的那样，1943年3月13日，德国果然发生了一起谋杀希特勒的事件。反对分子在希特勒的飞机上安置了一颗炸弹，当天希特勒的行程是飞往斯摩棱斯克进行视察，然而令他们惊讶的是，炸弹并没有按照他们的设定而爆炸。原来，这颗炸弹的引爆方式是由硫酸腐蚀金属引线，但飞机飞到云层上空的时候，硫酸还没有流出，就已经被冻结了。

艾伦·杜勒斯对汉斯·吉斯维乌斯更加信任了，接着他向总部报告：“希特勒在党内的地位已经发生了动摇。”在与艾伦·杜勒斯保持接触的这些参与者中，有一个人叫卡尔·戈台勒，他曾经担任过莱比锡市的市长。卡尔·戈台勒能够直接与“黑色乐队”的精神领袖、德军前总参谋长路德维希·贝克进行联系。

四月初，汉斯·吉斯维乌斯给艾伦·杜勒斯带来了路德维希·贝克的口信：准备发动政变，希望盟国方面给以支持。艾伦·杜勒斯立刻将此事汇报给了华盛顿。

七月初，德国情报机构的信使来到了瑞士，带来了“黑色乐队”暗杀希特勒的全部计划安排。十几天后，艾伦·杜勒斯期待已久的事情终于发生了，政变爆发了。政变最终以失败而告终，但对于艾伦·杜勒斯来说，这无疑是他在谍战中的一个胜利。

艾伦·杜勒斯使用的计谋是“借刀杀人”，通过汉斯·吉斯维乌斯，他与反对希特勒的地下组织“黑色乐队”建立了联系，这之后，“黑色乐队”不但为他提供了绝密情报，而且还破坏了希特勒在德国内部的根基。

在这个纷繁复杂的世界上，我们应该时刻保持头脑清醒，并拥有一双善于明辨是非的眼睛，更要保持诚实的本质，不自欺，不欺人。只有这样，我们的灵魂才能始终保持纯净与豁达。

北极行动

第二次世界大战期间，德国和英国的战士们在战场上的争夺正如火如荼，两国的情报机构也毫不逊色，为了配合作战进程，他们在隐蔽的战线上进行了殊死斗争。其中，由德国情报机构精心筹划的“北极行动”就是这场间谍战中最为精彩的一个。

1942 年 3 月，德国情报机构派驻荷兰的反间谍机构捕获了一个英国的秘密电台，并且逮捕了发报员休伯特·劳韦斯。在他的住处，德国反间谍人员还搜查出了将要传送到英国的三条密码情报。经过连夜审讯后，德国人得知，劳韦斯是英国情报机构安排在荷兰的一名间谍。

这是一个难得的机会！德国驻荷兰反间谍机构司令赫尔曼·吉斯克斯立刻察觉到了这一点。经过深思熟虑以后，一个周密的计划在他的脑海中浮现了出来，这就是著名的“北极行动”。

英国情报机构规定劳韦斯每隔一周的周五晚上六点半用电台与总部进行联系，正是这种固定的联络使劳韦斯的活动暴露了。吉斯克斯威胁劳韦斯把他们修改过的电报发给英国情报总部，不然就让他尝尝盖世太保的酷刑折磨是什么滋味。

劳韦斯假意屈服，同意了吉斯克斯的要求，因为他确定自己有办法让英国情报机构总部的人察觉到他们所收到的信息是真还是假。为了应对这种情况的发生，劳韦斯曾经受到过一种专门的训练——在他所发送的电报中神不知鬼不觉地加入一个安全检验码，在一定的间隔中插入错误的信号，当接收的人看到这个信号时，就知道对方是在被迫的情况下发报的。

但是在他被捕的时候，加入了安全检验码的密报已经被德国人搜查出来，所以，劳韦斯认为对方一定已经知道了这种方法。无奈，他开始想其他的办法。经过一番冥思苦想之后，他想出了一个妥当的方法：在前两条密码电报中，在单词的停顿处加入一种错误，而第三条密码电报却保持正确拼法。

劳韦斯对吉斯克斯解释说，他的安全校验码就是在每份电报中故意拼错一次终止符号，第三份电报之所以没有出错是因为自己粗心大意了。吉斯克斯对这种说法并没有产生怀疑。劳韦斯因此松了一口气，他相信英国情报机构总部一定能够注意到他采取了与原来不同的错误，从而识别出这几份情报的真假。

但是，英国情报机构却非常遗憾地没有觉察到这个细微的变化。他们根本就不重视安全校验码，因为从他们的经验看来，一些间谍经常会忘记甚至根本就不用安全校验码。

因此，英国情报机构的官员们不但对这些经过德方改编的假情报信以为真，而且还像往常一样发了回电，把荷兰自由战士的行动计划透露给了“劳韦斯”。为此，英国情报机构遭受了巨大的损失。比如，他们告诉劳韦斯，在不久之后，英国将会空投一名间谍到荷兰，负责组织地下活动。结果这名间谍跳伞后刚一落地就被逮捕了。之后空投的其他间谍也遭遇了同样的命运。然而英国情报机构总部却无从知晓，因为他们收到了这样的信息：“来人安全到达，正在努力工作。”

除此之外，吉斯克斯还要求被逮捕的间谍教他英国情报机构通用的电文编码和传送规则，并用荷兰抵抗者的身份与英国情报机构总部建立了一条全新的联络通道。这之后，他就更加无所顾忌地与英国情报机构玩电报游戏。有一次，英国情报机构命令荷兰间谍去破坏德国纳粹的一个雷达站，吉斯克斯接收信息后，就让自己的人伪装成荷兰抵抗战士，假意对这个设施进行破坏，实则保护了它。之后，他向英国情报机构发电报说已经尽了全力，但却没有获得成功。英国情报机构对此深信不疑，并要求派一名间谍到伦敦来汇报荷兰行动的进展，吉斯克斯只好发电报说这名间谍在去往伦敦的途中遭遇了车祸，不幸身亡。

1944 年 2 月，两名英国间谍想方设法从荷兰回到了伦敦。他们向英国情报机构汇报了自己的经历：他们一抵达荷兰，就被德国军方捕获了。他们凭借自己所受的训练，历尽千辛万苦才逃了出来。最后，在一个好心的牧师帮忙下，才安全到达了西班牙，然后从西班牙回到了伦敦。

但是英国情报机构却认为他们是在撒谎，因为吉斯克斯给他们发来一封电报，说这两个间谍早就背叛了组织，现在是在为德国人服务，并提醒他们千万不要轻信。后来,这两个间谍被送到了布里克斯顿监狱。

实际上,随着时间的推移以及一些事件的爆发,英国情报机构也逐渐意识到荷兰方面出现了问题。后来,英国情报机构的电报越来越乏味,并且包含的信息量越来越少。吉斯克斯注意到了这个现象,并因此推断出英国人已经开始有所警觉。但是他依然怀有一丝幻想,希望通过“北极行动”了解盟军登陆计划。

可惜的是,吉斯克斯的如意算盘落空了。于是在1944年的愚人节那天,吉斯克斯向英国情报机构发送了一条自曝身份的消息:“所有的十部电台都掌握在我们手中,我们知道要是没有我们的帮助,你们在荷兰的工作就不会如此努力。我们对于不能更长时间作为你们在这个国家的唯一代表而感到遗憾,因为它曾使我们双方都感到满意。”

英国人这时才知道真相,但是已经悔之晚矣。为了支持这个子虚乌有的“荷兰抵抗运动”,英国给德国人提供了数额巨大的炸药、轻武器、子弹、电台,还损失了五十多名间谍。

炼习

德国军方通过抓获的英国间谍顺藤摸瓜逐步接管了英国情报机构在荷兰的整个联络组织,使英国人在相当长的时间里把情报直接发送给了自己的敌人!这真是谍报史上令人惊奇的一个案例。由此可见,敏锐的观察力和严谨的精神在情报工作中是必不可少的,一旦有所失误,危害就难以估量。

悟理

严谨的精神是一种不可或缺的优秀品质,不论是在日常生活中,还是做人处事的过程中,都要坚持这种品质。“天下大事,必做于细。”只有严谨做事,才能把事情做好、做对。没有严谨的精神,成功就不会青睐于你。

山本五十六座机坠落之谜

1943年初，日本在使用潜水艇给一座岛屿提供给养的时候，有两艘潜水艇先后在离海岸不远处触礁沉没。美军探听到这个消息以后，马上派出了一支秘密小分队，不分昼夜地在日本潜艇沉没的地方打捞，最后终于找到了这两艘潜艇的残骸。在一艘潜艇上，美军搜集到了许多价值极大的绝密文件。通过这些绝密文件，美军开始对日军的电报进行截留、破译，并发现了一个非常重要的情报：日本联合舰队司令山本五十六将于4月18日上午8时零4分前往肖特兰基地进行视察。

对于美军来说，这可是个令人欢喜雀跃的消息。很快，消息就上报给了美国太平洋舰队司令尼米兹将军。尼米兹认真阅读了这份重要情报，激动得身体都有些轻微颤抖。这份情报竟然泄露了山本五十六的行踪！这相当于把日军的联合舰队司令官暴露在了美军的枪口下。

不过，这件事毕竟事关重大，尼米兹没有轻易做决定，而是于当天上午十一点把电报译文送给了海军部长诺克斯。诺克斯一刻也不敢耽误，立刻向美国总统罗斯福汇报。罗斯福看到这份情报后，最初也有些震惊，但他很快就平静了下来，问道："诺克斯将军，关于这份电报，你是怎么看的？"

"总统先生，我认为我们应该趁此机会将山本五十六击毙，这是上帝赐给我们的好机会。"诺克斯坚决地回答道。

"有充足的把握吗？"罗斯福有些担忧地问。

诺克斯坚定而有力地回答："有！"

罗斯福低下头来,认真地思索了一会儿,说:"好吧,我同意你们采取行动,请你转告尼米兹将军和参加行动的人员,如果你们能够成功地将山本五十六的座机击落,那么,这次行动所达到的效果将不亚于任何一场重要战役的胜利。"

听到罗斯福的话,诺克斯兴奋地说:"是的,总统先生,我明白。"

"但是还有一点要注意,"罗斯福郑重地说,"我相信这次行动一定能够取得成功,但是……要尽量避开媒体,不要让任何人知道我们的计划,把这当成是一个偶然事件。而且,我必须在第一时间知道行动的结果。"

得到了罗斯福总统和诺克斯部长的认可以后,尼米兹将军开始部署行动计划,他命令所罗门地区航空兵司令官米切尔海军少将准时出击,并要求他提前制订出一个最佳行动方案。

米切尔海军少将接到了命令之后,立即火速召开参谋会议,拟订行动方案。会议室里,军官们纷纷摩拳擦掌,庆幸自己竟然遇上了这样一个千载难逢的好机会。很快,一个被认为是最佳战斗方案的计划就拟订了出来:

拦截地点:卡伊里以北五十英里处上空。

执行人员:优秀驾驶员、陆军航空兵上尉托马斯·朗菲尔率领十八架双尾翼P-38型"闪电"式战斗机执行任务。

战术安排:六架担任主攻,十二架担任掩护。

战略安排:首先确保山本五十六座机被击落,如果能将敌机全部击落更好。

4月18日一大早,参加行动的所有飞行员都集中在一起,听两位情报官员做最后一次任务介绍,并再次明确了作战计划。

7时35分,十八架闪电式战机开始出发。为了避开日本占领区,他们按照预先计划好的路线低空飞行了两个小时,并且把全部无线电通信都关闭了。机群在预定时间到达了拦截地点,只比山本五十六的座机早到了五十秒。

很快，日本的两架轰炸机和六架战斗机就出现在了机群的视线中。十二架闪电战斗机马上实施拦截任务。日本的六架战斗机一看有人拦截，急忙应战，对着美军火力全开。美军的闪电战斗机慌忙爬上高空躲避，日本战斗机哪能放过他们，当然要乘胜追击。谁知这正中了美军的圈套——山本五十六的座机和参谋长的座机就成了无所依靠的“孤儿”，而美军主攻的六架战斗机正对他们虎视眈眈呢。

美军指挥官一看山本五十六的座机失去了掩护，立即下令对其进行轰炸，六架闪电式战机如同闪电一样向着那两架孤零零的飞机扑了过去，日本飞行员发现大事不妙，想逃，可是已经插翅难飞了。只见一阵猛烈的扫射之后，两架轰炸机身重数弹，相继坠毁。山本五十六的座机坠落在布干维尔岛的森林里，而参谋长的座机则沉到了海里。

看到总司令的座机浓烟滚滚地跌落地面，那六架日本战斗机才恍然大悟，知道自己中了敌人的调虎离山之计。而刚才被他们追得屁滚尿流的美国战斗机这时也回转身来，对他们进行反扑。六架日本战斗机被美军围得死死的，再也没有反抗的能力，最后全军覆没。

战斗刚刚结束，胜利的喜讯就上报给了罗斯福总统。罗斯福总统对参与战斗的飞行员进行了褒奖，称赞他们为美国立了一大功。

但是，对于美军而言，战斗并没有因此而结束。在接下来的几天里，几架闪电式飞机被命令在布干维尔岛附近进行无目的的飞行。美军希望通过这种做法让日本人相信，山本五十六的座机之所以被击落只是一个偶然，并不是因为美国人破译了密码而组织的有预谋、有计划的作战行动。

美军的这种做法是正确的，日本人果然如他们所愿，虽然将山本五十六座机被击落列为了“甲级事件”，并对此进行了周密的调查，但却并没有怀疑是由密码泄露导致。直到二战结束以后，山本五十六座机陨坠落之谜才被揭开，而山本五十六到死也没有弄明白为什么会在半路上杀出十八架美国飞机。

炼习

美军先用间谍战，破译日军情报，对山本五十六的动向了如指掌，后在战斗中使用“调虎离山”之计，成功地把日本的六架战斗机引入了自己的圈套，使自己的真正目标——山本五十六的座机处于孤立无援的处境，再歼灭它就易如反掌了。一计接一计，完成任务当然就是意料之中的事情了。

任何行动都需要经过严密的部署，只有这样，才能把风险和困难降到最低的程度。俗话说“未雨绸缪”，如果事先进行了认真的思考和周全的计划，成功才有保障，一切努力才不会白费。生活是如此，学习也是如此。

肉馅计划

1943 年春天，北非战役即将结束。盟军下一步打算以西西里岛为突破口，向意大利本土挺进。作为地中海最大的岛屿，西西里岛的战略位置极其重要。然而，德、意方面已经料到盟军会把该岛当做重点进攻的对象，因此一早就加强了该岛的防御措施，在这个面积 2.5 万平方千米的小岛上部署了 36 万大军。对盟军来说，直接硬打硬攻则注定损失惨重，并且即便拼尽全力也不一定能取得战争的胜利。

在这种情况下，盟军决定智取西西里，让敌人误以为他们要向撒丁岛发动攻击，从而放松对西西里的防卫。当然，对方不是傻瓜，光是放出点儿“盟军即将攻打撒丁岛”的风声远远不够。于是，英国海军谍报部队的蒙塔古少校提出了一个十分大胆的计划——“肉馅计划”。具体来说，就是找一具尸体，假装是溺死的盟军军官，在他身上附上欺骗性质的军事文件，然后再让他“不经意”地落到德国人手上。

这计划听起来简单，实施起来却非常麻烦，一个细节照顾不到就有可能被敌人识破。但盟军还是决定放手一搏。英国的情报专家从伦敦的某个医院里找来一具因肺病而死的男性的尸体，尸体的生理特征和溺死者的大致相符，其肺部都充满液体。之后，蒙塔古等人着手对尸体进行“改造”。他们为尸体制造了一个像模像样的假身份：英军联合计划司令部参谋、皇家海军上尉（代理少校），又给尸体起了个颇大众化的名字——威廉·马丁。

德国人是否会上“肉馅”的当，关键要看附在马丁少校身上的文件怎么写，这文件既要明确地告诉敌人盟军接下来的进攻地是希腊，又不能把话说得过于直接。考虑再三，英国人在马丁少校随身携带的公文包里塞进了一封精心编造的推荐信。信是由英军总参谋部高级官员写给英国驻北非指挥官的，前者在信中将马丁少校形容成“登陆专家”，对他的军事能力赞不绝口，而信的末尾，这名官员又故意粗心大意地提了句：“请给我捎点新鲜的沙丁鱼。”

沙丁鱼是撒丁岛的特产。英国人借它误导德军，让德军以为英军的登陆地是撒丁岛而非西西里岛。

不过，只有一封信还不够，还必须让马丁少校带上一些杂七杂八的物件，以便让德国人确信马丁少校是切实存在、真实可查的人。就这样，英国人又在马丁少校的上衣口袋里塞进了一张银行的透支单和一封由银行发来的催款信，还让马丁少校随身携带两封情书和某珠宝店的婚戒订购单，就好像他已打定主意向某个姑娘求婚……蒙塔古料定行事谨慎的德国人会核实账单及信件上的地址，就和队员们花了很长时间完善个中细节。他们找了个和马丁面貌相似的人，给他穿上少校的制服拍了照，将照片贴到了马丁的证件上。

1943 年 4 月底，一切准备就绪，英国人悄悄地将马丁少校投入大海，投入的地点和方式同样经过悉心安排。根据英国人的设想，马丁少校是因飞机失事坠海淹死的，所以他需要在海上漂上几天。另一方面，马丁应刚好漂到德国人或意大利人的管辖地。蒙塔古和伙伴们都认为西班牙的韦尔发港口是马丁理想的“登陆点”。西班牙表面上宣称中立，实际则在暗中帮助德国。

马丁被“扔”出去了，英国人紧张地等待他的消息。现实没有让他们失望，西班牙人在沙滩上发现了马丁少校的尸体，将他及他的公文包统统交给了德国人。而后者不出所料地展开了对马丁少校的检查，翻出了那封意味深长的推荐信，注意到其中的“沙丁鱼”。他们派间谍核查马丁少校的身份，没有发现任何疑点。他们又将马丁少校的尸体和随身物品交还西班牙，让其返还英国，借此观察英国人的反应。结果英国人郑重地接走了马丁的遗体，并为他举行了隆重的葬礼。

几番下来，德国人对马丁少校的身份确信无疑，并真的相信盟军放弃了西西里岛，转攻撒丁岛。1943 年 5 月中旬，德国最高统帅希特勒会见了意大利法西斯头目墨索里尼，将英国人即将攻打撒丁岛的情报透露给他：“也许因为西西里的防守太严密了，英国佬改变了计划。”墨索里尼虽然有些惊讶，可还是相信了希特勒的判断。

德军和意军将防御的重心放在了撒丁岛上，用德国人的话说：“对撒丁岛和伯罗奔尼撒采取的措施要先于一切。”希特勒太相信马丁少校，或者说英国人的“肉馅计划”太成功了。直到一个多月后，也就是 1943 年 7 月 9 日的晚上，盟军集中火力猛攻西西里岛时，德、意方面仍以为盟军的真正目标是撒丁岛。结局可想而知，盟军将西西里岛的法西斯大军打得落花流水，干净漂亮地夺取了这一要地。

炼智

“肉馅计划”算得上是谍报史上最大胆最巧妙的智谋之一。在遭遇强敌时，既要勇敢地争取胜利，又要想方设法将对方对自己的伤害降到最低，一味蛮干并不可取。譬如盟军就选择了以智胜人。从一开始其思路就非常清晰——转移敌人的目标，声东击西。为了让狡猾的对手上当，他们将一具普通的尸体打扮成盟军军官的尸体，故意让其携带透露了军事机密的文件，诱使敌人落入圈套。而在筹备该计划的时候，英国人就已经想到德国人有可能对尸体进行哪些方面的调查，德国人的每一步行动，包括从西班牙人手上得到尸体、检查尸体所带物品、核实尸体身份……都在英国人的预料当中。这就好比下棋，想要获胜就要想到对方的前面。

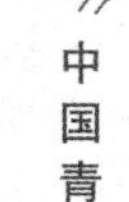

悟理

再精妙的计划也离不开缜密的准备，成功与失败之间，也许只是差了一点“细心”。无论你的计划多完美，若细节把握不当，就无法收获完美的果实。因此，不要忽视任何一个细节，要学会认真而全面地思考问题，踏实而仔细地做好每一件小事，因为人的能力往往就是通过“做好点滴小事”得到提升的。

好莱坞影星竟是英雄间谍

1939年，好莱坞经典电影《乱世佳人》让英国演员莱斯利·霍华德备受观众好评，成为风靡一时的大明星。如同电影里的女主角斯嘉丽一样，很多痴迷于他的女影迷都把他当成了自己心目中的那个“阿西里”。莱斯利·霍华德还因出演影片《伯克利广场》(1933年)和《红花侠》(1934年)两度获得了美国奥斯卡金像奖提名。

1943年，莱斯利·霍华德所乘坐的客机遭到纳粹分子的袭击而不幸坠毁，巨星就此陨落。鲜为人知的是，在他闪耀的明星光环的后面，隐藏着另外一个身份——英国间谍人员。这位好莱坞影星是一位无名英雄式的英国间谍，1943年第二次世界大战激战正酣之际，他曾经秘密会见了西班牙独裁者佛朗哥，试图说服其不要让西班牙加入轴心国集团，为英国“争取西班牙保持中立”立下了大功。

当时的莱斯利·霍华德虽然是个家喻户晓的大明星，但是要想见到西班牙枭雄佛朗哥也不是一件轻而易举的事情，因此，他借助了昔日的情人、西班牙著名女影星肯奇塔·蒙特内格罗的帮助。肯奇塔·蒙特内格罗和莱斯利·霍华德1931年曾经在影片《不是冤家不聚头》中饰演一对恋人，在现实生活中他们互生爱慕之心，很快就坠入了爱河。后来，两个人因为种种不为人知的原因分手了。不久，肯奇塔·蒙特内格罗嫁给了一名叫做里卡多·吉曼奈兹·阿尔瑙的西班牙极右翼政党高级成员。他在佛朗哥政权里颇有影响，负责对外政策的制定。

肯奇塔·蒙特内格罗虽然已为人妻，但是与莱斯利·霍华德之间仍然保持着非常密切的联系。正是由于她的牵线搭桥，莱斯利·霍华德才得以依靠她丈夫在佛朗哥麾下任职的便利，与西班牙的最高统治者有了一次会面。

当然，好莱坞影星的身份也为莱斯利·霍华德提供了掩护，帮了他很大的忙。因为佛朗哥非常喜欢看电影，对莱斯利·霍华德也十分喜爱。因此，当他得知莱斯利·霍华德想与自己见面的时候，非常高兴，满怀热情地招待了这位大明星。当时在西班牙法西斯的统治下，霍华德这位好莱坞大明星的到来，还在马德里掀起了一阵不小的波澜。由于莱斯利·霍华德希望背着英国驻西班牙大使单独与佛朗哥会面，因此还婉拒了英国驻西班牙官员为他组织的各种活动，惹得他们非常不满。

佛朗哥与莱斯利·霍华德谈得非常投机，他们之间究竟谈了什么，人们已经无从知晓。根据一些历史资料显示，佛朗哥曾经问莱斯利·霍华德是否愿意参与一部西班牙电影的拍摄，在里面扮演哥伦布。当时的佛朗哥怎么也不会想到，这个好莱坞影星竟然是一名英国间谍。

后来，莱斯利·霍华德找机会把英国首相丘吉尔的信息传达给了佛朗哥。也许正是因为莱斯利·霍华德的劝说，佛朗哥才最终放弃了追随希特勒、墨索里尼加入轴心国的念头，从而使西班牙在第二次世界大战中保持中立，没有卷入战争。

1943 年 6 月 1 日上午，完成了西班牙之行的莱斯利·霍华德登上了一架从葡萄牙里斯本飞往英国伦敦的民用飞机，与他一起登机的还有他的经纪人阿尔弗雷德·钱豪斯。

飞机缓缓地、平稳地升空，莱斯利·霍华德望着舷窗外的美丽风景，想到自己已经顺利地完成了任务，马上就可以回到英国复命了，他的心情十分愉悦。此时的他根本预料不到，再过不到一小时，将会遭遇什么样的厄运。

根据美国历史频道网站的讲述，当莱斯利·霍华德所乘坐的飞机飞到比斯开湾上空的时候，突然遭到了德国军方的袭击，机组人员还没来得及反应过来，飞机就已经被击中，一声震耳欲聋的爆炸声打破了平静，紧接着，飞机开始剧烈地上下颠簸，没过多久，就彻底失去了控制。位于伦敦的地面指挥员收到了机组人员发来的求救信号，称他们遭到了德军的攻击，但是信号一直断断续续，而且很快就完全中断了。伦敦方面十分着急，几次试图与这架飞机进行联系，却始终无法得到任何回应。后来才知道，飞机已经在半空中爆炸，残骸掉落到了大西洋中。

三个小时以后，英国方面紧急派出了两架水上飞机赶赴出事的海域进行地毯式的搜索，然而，一直到第二天都没有发现任何生还者。包括莱斯利·霍华德和阿尔弗雷德·钱豪斯在内的十三名乘客以及四名机组人员（其中有英国军方安排的人）全都消失在了深不见底的大西洋里，连一丝痕迹都没有留下。

这场意外的空难，使得莱斯利·霍华德再也无法向英国情报机构汇报他与佛朗哥详细的会谈内容了，所有的秘密都随着机毁人亡而烟消云散，但是不可否认的是，他在战争中所作出的巨大贡献将被人们铭记于心。

战争结束以后，德国方面保存的档案显示，八架德国军方的容克-88战机袭击了这架民用客机，飞机坠毁以后，他们还给漂浮在海面上的飞机残骸拍了照片。后来，莱斯利·霍华德的家人得到了这些照片的副本，也许这是这位英雄间谍在这个世界上留下的最后一个见证。

炼智 莱斯利·霍华德以自己好莱坞影星的身份做掩护，经过昔日情人的穿针引线获得了与西班牙独裁统治者佛朗哥的会面机会，成功地潜入到了佛朗哥身边，把丘吉尔的信息传递给了佛朗哥，使他做出了更有利于世界和平的决定。他的这招“抛砖引玉”带来的成果是巨大的，虽然他因此而遭遇了不幸，但却是非常值得的。

悟理 生命是短暂的，谁也无法预料明天和意外哪个会先来，也许不知道什么时候，生命的旋律就会戛然而止，画上一个休止符。因此，我们要珍惜活着的每一分每一秒，尽最大的努力过好“今天”。把握“今天”，才能弥补“昨天”的遗憾；把握“今天”，才能为“明天”的辉煌做更多的准备。

“沙漠之狐”因间谍兵败阿拉曼

隆美尔是第二次世界大战中德国声名显赫的装甲兵战将，也是希特勒最为信任的将领。对世界军事史有所了解的人都知道他有一个著名的绰号——“沙漠之狐”。隆美尔曾经率领两个师的军队在北非只用了短短两周的时间就让英国部队之前两个月的战争成果化为乌有；他还曾经率领德国的非洲装甲军到利比亚对在北非遇险的意大利部队进行救援，以少敌多，出奇制胜。他正因为在北非沙漠战场上取得了这一系列令人惊叹的战绩，才有了“沙漠之狐”的美誉。因为战功卓著，隆美尔被晋升为德军最年轻的元帅。

在战场上能够与隆美尔相媲美的是英国陆军元帅蒙哥马利，他是著名的军事天才。他是桑德赫斯特皇家军事学院的优秀毕业生，具有出色的指挥才能。他的作战风格非常独特——坚持在每次出击之前，在人力、物力上做好充分准备，虽然对于战争来讲，延缓了进程，但却稳妥可靠，并保证了战争的胜利。第二次世界大战爆发以后，他率领第三师随同英国远征军进入法国，与德国法西斯展开了殊死斗争。

这样两个军事天才如果在战场上相遇的话，究竟孰胜孰负？

历史给出了明确的答案：1942 年 10 至 11 月间，在埃及阿拉曼地区，经过一段时间的充分准备之后，蒙哥马利率领英国第八集团军向隆美尔指挥的德、意联军“非洲军团”发起了攻击，两军激战十二天，最终，蒙哥马利一举击溃了隆美尔的非洲军团，把德、意军队逼到了突尼斯边境，彻底扭转了战局。这场战役就是历史上著名的“阿拉曼战役”，阿拉曼战役是北非战局的转折点。从此以后，德、意法西斯军队

开始在北非地区节节败退，直到 1943 年 5 月被完全逐出非洲。

鲜为人知的是，蒙哥马利之所以能够在阿拉曼战役中获得胜利，其实并不完全是因为他在指挥作战上胜过隆美尔，更大程度上是得益于从“康多尔小组”缴获的德军情报。可以说，阿拉曼战役的成功是蒙哥马利利用假情报给隆美尔设计圈套的结果。

“康多尔小组”是德国的一个间谍组织，领导者是约翰·厄普勒。1942 年 5 月，德国部队派“康多尔小组”秘密前往埃及开罗，搜集驻扎在那里的英军的各项情报。到达埃及以后，“康多尔小组”购买了一艘游艇，把它停泊在尼罗河岸边，以此为工作地点。他们发送电报的时候使用的密码是由《蝴蝶梦》这部小说改编而来的。翻译的时候只要根据日期和对应的页码来串联文字就可以了。

在开罗从事间谍工作的约翰·厄普勒在一家酒吧里认识了舞女法赫米。法赫米是一个反英分子，她有一个情人在英国司令部工作。通过法赫米，约翰·厄普勒得到了很多机密情报。收到了约翰·厄普勒提供的有价值的情报之后，隆美尔还特意对他进行了表扬。此时的隆美尔根本没有想到，这个间谍竟然会导致自己战争史上的最大失败。

受到隆美尔的表扬之后，约翰·厄普勒的干劲更大了。他开始寻找机会获取更多的情报。正是这种冒进的心理害了他。一天，他在酒吧消遣的时候认识了这里一个叫做叶维特的服务员，并和他成为了朋友。实际上，叶维特是一名英国间谍。约翰·厄普勒邀请叶维特到游艇上游玩，在那里，叶维特发现了一本《蝴蝶梦》和一大堆写满了六个字母组成的词组的便条，似乎与《蝴蝶梦》中的一些页码有关。叶维特以迅雷不及掩耳之势把便条上每一行的第一组密码抄了下来，然后就找借口离开了那里。

听了叶维特的汇报，1942 年 8 月，英国军方派人逮捕了约翰·厄普勒、法赫米等人，一举摧毁了“康多尔小组”。然而，隆美尔对此却一无所知，当时他正准备发动对英国部队的进攻，因此，丝毫没有注意到“康多尔小组”已经很久没有发来情报了。隆美尔认为英军在阿拉曼防线的南端兵力最为薄弱，于是选择这个地方作为突击点，想冲破英军防线，然后向北一直打到海边，再折向东进攻尼罗河三角洲。经过精心策划之后，隆美尔开始悄无声息地将部队进行转移，还留下了一些假坦克和卡车，设了一个障眼法，用来迷惑英军的空中侦察。

与此同时，英军对“康多尔小组”进行了审讯，在他们的威逼利诱之下，“康多尔小组”供出了隆美尔的部署计划。蒙哥马利决定趁机给隆美尔设计一个圈套，引他上钩，让他越过拉吉尔地区，使其装甲部队完全陷入沙漠之中。

蒙哥马利请来了伦敦监督处中东特派组的指挥官克拉克上校，让他以“康多尔小组”的名义给隆美尔发了一封电报，电报中谎称英国部队打算在阿拉曼防线南端的阿拉姆·哈勒法山岭进行抵抗，但防御力量并不强大。为了迷惑隆美尔，蒙哥马利还命令绘图员绘制了一张假地图，上面标明拉吉尔地区是一片“硬地”，便于装甲部队行动，然后想方设法把假地图送到德国人手里。隆美尔获得这份地图以后，重新调整了自己的计划。

当德、英两国的装甲部队开始激烈交火的时候，隆美尔才发现，英国派出的装甲部队竟然是德国的三倍，而且拉吉尔地区根本不是“硬地”，而是一片大沙漠。在装甲兵行动不便的沙漠里，德国军队举步维艰，英国空军的飞机趁此对他们进行狂轰乱炸，最终，德国遭到了惨烈的失败，损失无法估量。

在烽烟四起的战场上，任何一次间谍活动的进行，都会对战争的最后结局产生深刻的影响。蒙哥马利之所以能够战胜隆美尔，正是因为他善于利用敌方的间谍，对截获的情报进行巧妙利用，而且还向隆美尔发送了假情报，使其对自己的“错觉”深信不疑。

用手做事谁都会，但关键是要用心做事。无论是生活还是学习，都不能只靠一股蛮力，而要多动脑勤思考。尤其是在遇到强悍的对手的时候，更要善于运用自己的智慧去战胜他。只有这样，才能打败对方，赢得成功。也只有这样，才能使我们不断获得提高。

犹太美女命阻细菌战

1943年8月，英国军情五处获得了一个情报："德国正在研制无声武器。"无声武器？难道是新式武器？情报处不敢怠慢，立刻对此展开了调查。

半个月后，调查结果终于出炉了：希特勒正派人在721研究所进行细菌炸弹的研制。这种细菌炸弹危害性极强，人体一旦沾染、携带，在八个小时内就会死于非命，而且它具有很高的传染性。调查显示，这种细菌炸弹的研制已经到了尾声，大概几个月之后希特勒就会将其投入战场。

事情已经刻不容缓了！军情五处立即制订计划阻止这种细菌炸弹的研制。他们想了无数个办法，但最终都因为不可行而被推翻，最后，有人提议找个长相相像的人冒名潜入721，从内部将其炸毁。这个方案被采纳了。

这个计划的第一步是找到合适的被顶替者。军情五处选中了在721负责图片管理的谢丽微。她单身，独居，而且无男友，亲人也不在身边，性格高傲，是个非常合适的被顶替者。第二步则是寻找顶替者。对顶替者的要求十分严格，不但要与谢丽微长得像，而且还要讲一口流利的德语，能够随机应变，最重要的是，要是一名坚定的反法西斯主义者。

要找到这样一个人，难度极大。他们寻寻觅觅了三四个月，一直毫无所获。有一天，一个探员在难民营里发现了一位身材、长相、气质都酷似谢丽微的女子，让军情五处的情报员们眼前一亮。这名女子叫韦芳菲，是一位犹太人，她的父亲被德国人杀死以后，她就与其他亲人一起逃亡到了英国。

军情五处立即派人找到了韦芳菲。听他们说了来意之后，韦芳菲毫不犹豫地答应了。父母的惨死让这个不幸的女子心里充满了对德国纳粹分子的仇恨，有这样一个机会她当然不会拒绝。

经过八周的紧急训练之后，韦芳菲成功地掌握了细菌基础认知、显微摄影资料的处理等科目，还精通了多种枪械的使用、跳伞、空手搏击和通讯技巧等，对怎样把氰化钾胶囊藏在牙缝里等特殊技巧也了如指掌。

1944年2月的夜晚，军情五处的人把韦芳菲带到了一个地下室，与被英国情报特工绑架的谢丽微进行沟通。在地下室里，韦芳菲认真地了解了谢丽微的家庭背景、教育程度、生活习惯等各种情况，把上班路线、时间、实验室陈设、技术细节等都摸透了。

在她们的交谈中，谢丽微无意中提到了一个关键人物——亨利博士。亨利博士虽然年纪已经足够当她的父亲了，但是却一直对她怀有色心，经常骚扰她。韦芳菲听了以后，心中一动，意识到自己找到了一个突破点。

就这样，韦芳菲顶替了谢丽微，到721研究所上班了。同事们看到她以后，跟她打招呼，韦芳菲一一回应，毫无破绽。按照谢丽微提供的路线，韦芳菲顺利地找到了办公室，为了不出什么差错，她一个上午都待在办公室里看资料，没有外出。

下午的时候，电话铃响了，里面传来了一个苍老的声音："小姐，请到我办公室来一下。"韦芳菲想，这一定是亨利博士。亨利博士是细菌炸弹研究的重要人物，他的办公室防卫十分森严，当门口的监测系统确定了来者身份后，韦芳菲才得以进入。

亨利博士看到了她，热情地迎上来："亲爱的谢，每次见到你我都很高兴。"

"博士，您今天似乎心情很好。"韦芳菲殷勤地回答他。

看到韦芳菲美丽动人的脸庞，亨利博士似乎特别激动，开始夸赞起她来，还抓住了她的一只手。他感慨地说道："要是我能年轻二十岁，我一定会追求你，可是我太老了。"韦芳菲立即说道："不，您在我心里既年轻又英俊。"听了她的这番话，亨利

博士立即兴奋了起来，深情地看着她。

这之后的好几周，亨利博士又多次找机会和韦芳菲接触。他已经被韦芳菲迷得神魂颠倒，几乎快要失去理智了。

很快就到了第二年的三月，这天，军情五处给韦芳菲下了一个指示：根据情报，亨利博士要在十天内向德国纳粹头目提交一份细菌炸弹的程式与样本，你必须在这段时间里想尽办法摧毁他的研究成果。另外还给她送来了微型炸药。韦芳菲急忙赶做了一堆三明治和馅饼，把微型炸药藏在其中，通过了警卫的检查。

吃饭的时候，韦芳菲带着食物去了亨利的实验室。已经拜倒在她的石榴裙下的老头一看到她就高兴地迎了过来，韦芳菲趁机用一块浸有迷幻药的手帕迷晕了他。接着，她用亨利博士拴在腰上的钥匙打开了他办公桌旁边的铁柜，这里放着有关细菌炸弹的所有资料。这个大铁柜里安装了报警装置，一个不小心就会触发警铃，因此她万分小心，紧张得满头是汗。展现在她面前的是一堆堆印着“绝密”字样的文件，韦芳菲把微型炸药小心地放到了中间，然后急忙离开了这里，因为一分钟后炸药就会爆炸，将这里炸个粉碎。

两名警卫从对面走了过来，她立刻放慢了脚步，坦然从他们面前走过。一分钟后，721 研究所里发出了一阵惊天动地的爆炸声！警卫人员立刻全都集中到了大门口，不让任何人离开。此时韦芳菲正在找借口离开，刚才的那两个警卫跑了过来，大声喊着：“抓住她！抓住她！”

最终，韦芳菲被抓住了，接着被关进了监狱。德国纳粹分子对韦芳菲进行了严刑拷打、威逼利诱，想通过她得到一些信息，但却始终撬不开韦芳菲的嘴。韦芳菲的努力最终使细菌炸弹的研究成果化为乌有，避免了一场毁灭性的细菌战。战后，英国人为在战斗中牺牲的英雄们立下了纪念碑，其中就有韦芳菲的名字。

针对德国法西斯的细菌武器研究计划，英国情报处用“以假乱真”的计谋瞒天过海，成功地在敌人内部安排了一个间谍，而德国人对此竟然毫无察觉。最终，韦芳菲利用自己的聪明智慧“俘虏”了细菌炸弹计划的关键人物亨利博士，顺利地实施了摧毁计划。

韦芳菲为了保护更多的人免受战争的痛苦而牺牲了自己，这种精神是可歌可泣的。在中国，也有很多具有强烈的忧国忧民思想的仁人志士，他们以国事为己任，前赴后继，临难不屈，保卫祖国，关怀民生。正是因为有了这种可贵的精神，中华民族才能历经劫难而不衰。

提前结束二战的头号间谍

2001年3月，一个令整个世界震惊的历史真相通过英国《星期日泰晤士报》和美国媒体爆出：第二次世界大战期间，一位潜伏在法西斯德国外交部的间谍曾经向盟国提供了数不胜数的情报，这些情报涉及德国军队作战方案、日本海军作战部署等，甚至还包括纳粹大屠杀真相，其价值是难以估量的。美国国务院给予这名间谍很高的评价：科尔贝提供的这些情报，不但使日本海军以及德国法西斯遭到了严重打击，而且还使第二次世界大战欧洲战场上的战争提前结束，挽救了无数人的生命，他堪称是第二次世界大战中真正的头号间谍。

时间回到几十年前，那是1943年8月的一天，一位德国人悄悄走进瑞士伯尔尼英国领事馆，希望与领事馆情报部门的最高负责人会面。情报官员立即把这个神色显得有些焦急的德国人带到了领事馆情报部门负责人亨利·卡特怀特上校的办公室。

亨利·卡特怀特正在忙于手头的工作，听到情报人员的汇报之后，他抬起头来冷冷地看了一眼这个说自己是法西斯德国外交部官员的德国人，傲慢地问对方为什么来这里。德国人并没有多说什么，直接把自己带来的文件递给他。

亨利·卡特怀特扫了一眼那些文件，立刻震惊了，因为这些文件所包含的信息实在是太惊人了，简直令人难以置信。他想了想，断定这一定是纳粹德国设下的一个陷阱，于是他冷冷地指着办公室的门大声喊道："先生，难道你以为我是一个傻子吗？我知道你是一个想让我中你的圈套的双重间谍，你骗不了我，现在请你从这里出去。”

听到他这么说，那个德国人摇了摇头，拿起桌子上的文件，一言不发地从亨利·卡特怀特的办公室离开了。半个世纪后，历史证明亨利·卡特怀特的确是一个傻子，因为他把第二次世界大战中最伟大的间谍科尔贝从自己的办公室里赶走了，为此，英国不得不抱憾良久。

第二天，遭到英国人拒绝的科尔贝打算到美国人那里去试一试。不过，这次他没有贸然来到美国大使馆，而是委托德裔医生、定居在瑞士的反纳粹秘密斗士科切尔·泰勒先与美国人接洽，探探他们的口风。科切尔·泰勒医生找到了美国战略勤务办公室（中情局前身）驻瑞士伯尔尼的联络官吉拉德·迈耶尔，告诉他有一位在纳粹德国外交部任职的朋友，愿意与美国合作，把机密情报送给他们。

美国人对此同样是半信半疑，但是吉拉德·迈耶尔是个理智的人，他没有像亨利·卡特怀特那样武断地回绝了对方，而是在当天晚上就安排美国战略勤务办公室驻伯尔尼最高负责人杜勒斯与这个德国人会面，然后再判断对方的真实用意究竟是什么。

杜勒斯和迈耶尔在一套秘密公寓里与科尔贝见面，科尔贝冷静地介绍了自己，表明了自己对纳粹德国的厌恶以及希望为盟国方面提供情报的态度。为了表达自己的诚意，他还掏出了一卷微型胶卷给杜勒斯，这卷微型胶卷里装着科尔贝偷偷拍下的一百多页纳粹德国外交部的绝密文件。

这卷胶卷令杜勒斯和迈耶尔十分惊讶，但杜勒斯还是冷静地说：“如果只凭这个东西的话，我们还是没有办法相信你不是双面间谍。”

科尔贝摊摊手，回答道：“如果你已经打消了这种怀疑，那么我或许还会觉得所托非人。我现在的确不能证明我不是双面间谍，但如果我是的话，我就没必要带这么多绝密文件，我只需要带一份就可以了。”

美国情报专家立刻对科尔贝带来的绝密文件进行了认真的研究，经过激烈的讨论之后，他们最终断定，这些情报都是真实可信的。很快，他们就把这一情况汇报给了罗斯福总统，罗斯福总统经过深思熟虑之后，指示美国战略勤务办公室应该立即把科尔贝发展成为美国安插在德国核心部门的间谍。

在罗斯福总统的钦点之下，科尔贝终于如愿以偿，他悄然返回德国柏林，开始为盟国搜集绝密情报。这之后他传递情报不再像第一次那样使用微型胶卷，而是把秘密文件放进他将要提交的合法的外交邮袋里，因此，在火车上虽然盖世太保也曾经对他进行过搜查，但是谁也不敢动这个外交邮袋。

科尔贝第三次前往瑞士与杜勒斯接头的过程中充满了惊险：当火车终于到达瑞士边境的时候，纳粹秘密警察突然出现，开始对火车上的每个人进行搜查和询问，科尔贝也不例外。科尔贝冷冷地告诉秘密警察："我是外交部的秘使，如果你们耽误了我的时间，到时候可要吃不了兜着走！"说完，还把外交官护照和文件扔在了桌子上。

秘密警察小心翼翼地打开文件夹，从里面取出了一个大信封，看到上面盖着的纳粹徽章，立刻被吓出了一身冷汗。他们可没有胆量打开合法的外交邮袋信封，如果出现了什么闪失，就足以把他们送进监狱。于是秘密警察只好挥挥手让科尔贝离开了。其实他们并不知道，外交邮袋里的信封中装着的并不是德国的密件，而是科尔贝为美国搜集的情报。

科尔贝一次次的冒险帮助美国和盟国获得了源源不断的情报，在战争期间，科尔贝向盟国提供的情报总共有一千六百多份，全部摞起来足足有三层楼那么高。正是这些情报奠定了科尔贝后来被称为 20 世纪最伟大的间谍的基础，也正是这些情报，缩短了第二次世界大战的进程，饱受战争之苦的人们才看到了胜利的希望。

科尔贝利用自己在法西斯德国外交部任职的便利，用盖着纳粹徽章的外交邮袋存放为美国搜集的情报，可谓“偷梁换柱”，以假乱真，把德国秘密警察都蒙在了鼓里，成功地将情报送到了美国情报人员的手里。

你的心放在哪里，你的收获就在哪里。科贝尔把自己的心放在了正义上，他因此得到了人们的赞誉。那么你呢？你把心放在了哪里？问一问自己，也许这会让你更清楚自己想要的是什么，应该怎样为之而努力。当你看清楚了自己的心，就会少一些抱怨，多一些努力。

女间谍“掩护”诺曼底登陆

1944年，第二次世界大战已经接近了尾声。德国法西斯感到自己已经没有什么胜算了，于是显得越来越焦灼，希望在颓势之中进行最后的垂死挣扎。

三月的一天，美国情报局驻伦敦的第2677特勤队特别情报小组组长史蒂夫接到了一个德国同事发过来的密报：“德国女间谍汉尼·哈鲁德已经离开柏林，目的地是英国。”

作为一名经验丰富的老牌间谍，史蒂夫立即意识到了汉尼·哈鲁德此行的目的，他兴奋地一拍大腿，说道：“来得正好。”

此时，史蒂夫正着手策划一次瞒天过海的行动。因为种种原因，盟军虽然已经决定反攻欧洲大陆，而且选择了诺曼底作为登陆地点，但是具体的日期还没有定下来。为了配合盟军的诺曼底登陆，史蒂夫成立了一个叫做“爱丽斯电影公司”的假公司，这个“公司”的任务是让德国部队误以为盟军选定的登陆点在荷兰，从而从其他防线上抽调大量兵力支援荷兰，削减真正登陆点诺曼底的德军兵力。汉尼·哈鲁德的到来正中史蒂夫的下怀，他决定设一个圈套，让这位美艳动人的女间谍为盟军服务。

汉尼·哈鲁德来到英国之后，果然以一个假身份混进了盟军之中。四月份，美国军方打着慰问海外驻军的旗号组织了一次规模很大的招待会。在这次招待会上，史蒂夫巧妙地让汉尼·哈鲁德与第2677特勤队的英俊少尉迪恩洛斯认识。迪恩洛斯禁不住汉尼·哈鲁德的诱惑，很快就成为她的裙下之臣。没过多久，汉尼·哈鲁德和迪恩洛斯的关系就已经到了白热化的程度。对此，史蒂夫一阵窃喜：汉尼·哈鲁德已经死死咬住了迪恩洛斯这个猎物。因此这位让德国情报机构深信不疑的汉尼·哈鲁德已经被自己牵住了鼻子。

过了一段时间，“爱丽斯电影公司”悄悄成立了，一个特别的行动也开始部署。史蒂夫命令迪恩洛斯以“公司”副主管的身份到荷兰去执行一个特殊任务，临走之前，史蒂夫特别嘱咐迪恩洛斯说：“你首先要与中断联络已久的荷兰地下工作者重新取得联系。我们要越过德国部队守卫森严的荷兰海岸线，把这个计划通知给荷兰人……现在你马上与特别情报组的其他人员脱离一切关系，直到任务完成为止。”最后，史蒂夫装作非常烦恼的样子说道：“现在唯一麻烦的是，我们这里没有一个能讲荷兰语的人。”迪恩洛斯听了以后立即说：“汉尼懂荷兰语，她可以担任翻译！”史蒂夫爽快地答应了他。

此时，“爱丽斯电影公司”里除了史蒂夫的得力干将、特勤部的英籍少校军官霍华以外，都猜测盟军的真正登陆点是荷兰。为了让大家更加相信这个信息，在迪恩洛斯同荷兰地下工作者取得联系以后，史蒂夫还派人用一艘鱼雷快艇悄悄把一个叫做汉克的荷兰游击队领袖接到了伦敦，让汉尼·哈鲁德充当翻译。史蒂夫向汉克说明了盟军打算进攻荷兰的决定。

两天以后，汉克乘坐飞机回到了荷兰，汉尼·哈鲁德把这个消息迅速报告给了德国情报机构。第三天，汉克就被德国军方的人逮捕了，德国人对他进行了严刑拷打，最后他不得不招供了。从他的嘴里，德国人第一次证实了盟军准备在荷兰登陆的情报。

汉克遇难之后，“爱丽斯电影公司”又迎来了一个新的“客户”贝克。贝克的遭遇与汉克基本一致，他回到荷兰以后，由于汉尼·哈鲁德的通报，也被德国人逮捕了。同样，德国人从他那里也听到了盟军将要进攻荷兰的消息，这更加令德国人确信了自己的情报来源。

史蒂夫的反间谍计划终于奏效了。1944年5月16日，德国把大部分力量调往荷兰，陆军和空军不停地向荷兰境内集中。到了五月底，集结在荷兰的德军已经将近十万人，而诺曼底的军事力量却越来越薄弱。

但是，尽管史蒂夫不断造势，狡猾的希特勒始终对盟军在荷兰登陆这一信息怀有疑虑，因为他派空军巡视肯特群岛上空的时候发现英国东南部好像有重兵云集的迹象。为了打消他的怀疑，史蒂夫决定打出最后一张王牌——把精心伪造的登陆荷兰的战略图借汉尼·哈鲁德之手，送到德国军方的手里。

史蒂夫让霍华把战略图存进了“公司”的保险柜里以后，装作不小心把保险柜的钥匙落在了自己的办公桌上，可是汉尼·哈鲁德实在是太狡猾了，她始终没有上当。最后，霍华只好在下班的时候找了个借口把钥匙交给迪恩洛斯，让他带到自己家里，给汉尼·哈鲁德充足的时间印取蜡模。

为了确定汉尼·哈鲁德已窃取了密件，史蒂夫还让霍华玩了个小把戏——在密件信封的印花上，嵌入了一枚小小的曲别针，只要汉尼·哈鲁德把信封打开，那枚曲别针就会脱落下来。在黑暗中作案的汉尼·哈鲁德是不会注意到这个细节的。

第二天，霍华检查了一下保险柜，然后打电话给史蒂夫汇报说：“嵌在信封上的回形针已经脱落了。汉尼·哈鲁德果然如你所愿地完成了你的反间计划。现在我们应该做些什么？”史蒂夫回答道：“帮助她尽快脱身回国。”

在美国情报人员的“帮助”下，汉尼·哈鲁德顺利地登上了回德国的潜艇。她一刻也不敢耽误，于6月4日回到了德国境内。德军情报机构接到她偷拍的伪造的战略图的照片以后，立即把它交给了希特勒。不出一天，越来越多的德国部队奉命调往荷兰。

6月6日，反攻的日子终于到来了，盟军开始了具有重大历史意义的诺曼底登陆。德国由于情报错误，最终遭到了彻底的失败。

炼智

美德两国之间针对诺曼底登陆所展开的暗战可谓一波接一波，层出不穷。而汉尼·哈鲁德作为德国派来的间谍，竟然不小心中了史蒂夫的反间计，成为假情报的传递者。正是这些假情报打消了希特勒对假的登陆点的最后一丝疑虑，可以说，汉尼·哈鲁德为盟军的最终胜利立下了汗马功劳。

两军作战，不仅是兵力的比拼，更是智慧和谋略的较量。生活中的许多事情也同样如此，要想靠武力来战胜对手其实并不可取，最重要的是要不断修炼自己，让自己在智谋上胜过对方，才能取得最终的胜利。

价值一百万法郎的女间谍

这是一个与众不同的女人：她年轻、智慧、勇敢、爱国，为了理想舍弃了安稳的生活、奉献了美丽的青春。在那个硝烟弥漫的年代，在隐蔽但又凶险异常的战场上，她与敌人展开了特殊的战斗。她只当了一年间谍，却成为敌人的眼中钉肉中刺，希特勒甚至悬赏一百万法郎来买她的人头。她就是珀尔·维什林顿，第二次世界大战期间最著名的女间谍之一。

2008年，珀尔·维什林顿在家人环绕中平静辞世，她的讣告只有短短的一行字，却清晰而又明了地描述了她的间谍生涯——她曾经指挥抵抗组织杀死一千多名德军士兵，并接纳了一万多名投降的德军，然后组织他们开展抵抗运动。

1914年6月，珀尔·维什林顿出生在法国巴黎的一个英国移民家庭。珀尔·维什林顿与家人一起生活在巴黎郊区一幢不大的房子里，生活虽然比较单调，但是也常常会有一些独特的乐趣。这种平静的状态一直持续到了1941年。这一年，德军入侵了法国，珀尔·维什林顿的生活被彻底改变了。

为了摆脱德军的侵扰，珀尔·维什林顿与家人一起逃离了德军占领下的法国，移居到了英国。在英国，她找到了一份在空军总部做文员的工作。但是，没过多久，整天坐在办公室里、枯燥而又乏味的文书工作就让珀尔·维什林顿心生厌烦。她不想就这么消耗掉自己的生命，而是迫切渴望能够为正处于战争深渊中的法国做一些事情。

于是，珀尔·维什林顿主动请缨，申请成为英国情报部门"特别行动部"的一员。

在对她进行了考察之后，特别行动部接受了她，从此，她走上了间谍之路。

在对珀尔·维什林顿进行了为期七周的严格训练后，特别行动部把她和其他三十八名女间谍一起空投到了法国。那是 1943 年 9 月的一个深夜，珀尔·维什林顿登上了一架英国飞机，为了不被敌方发现，飞机一直超低空飞行了很久，到了法国中部卢瓦尔河地区，珀尔·维什林顿身背降落伞跳了下去。

那次跳伞非常危险，夜色很浓，珀尔·维什林顿感觉自己仿佛身处一滩墨汁之中，什么也看不见，而且当时的她只接受过三次跳伞训练。珀尔·维什林顿曾经有过短暂的犹豫，但最终还是咬紧牙关奋力一跳，所幸的是，在黑暗中她安全着陆了。但很快她就发现，自己的手提箱丢了，那里面有自己的全部家当——钱、换洗衣物和其他的私人物品。这对于一个间谍来说可不是什么好事，尤其是当身处在一个人生地不熟的地方的时候。这种一无所有的感觉令她十分难受。

在法国，珀尔·维什林顿找到了一个英国化妆品公司驻法国代表的工作，表面上看她每天都在兢兢业业地工作，实际上她是以这个身份作掩护，为法国抵抗组织搜集情报。

双面人的生活并不好过，一方面她要极力掩饰自己的真实身份，不被别人发现；另一方面，还要尽自己的最大努力进行情报搜集工作。环境的艰辛以及一些突如其来的危险让珀尔·维什林顿无论是身体还是心理都遭受了很大的折磨。有时候，因为没有办法找到合适的住处，珀尔·维什林顿只能带着秘密信息在冰冷的火车车厢里度过漫长的一夜。1944 年 2 月，精疲力竭的珀尔·维什林顿患了一场重病，不得不住院治疗。

1944 年 5 月，珀尔·维什林顿迎来了她间谍生涯中最大的一次挑战。她的直接领导者、法国地下抵抗组织的负责人莫里斯·绍斯盖特不慎暴露，被德国纳粹分子

逮捕了。于是，组织上要求珀尔·维什林顿接替莫里斯·绍斯盖特的工作，指挥地下抵抗组织的两千多名反德战士继续进行斗争。

在珀尔·维什林顿接手之初，这支反德武装的成员都是一群衣衫褴褛的农民，他们的枪支和弹药十分匮乏，武器严重不足。在同为间谍的男友亨利·科尔尼奥里的帮助下，珀尔·维什林顿对这支队伍进行了整合与调整，重新组建了一个名为“摔跤手网络”的地下组织。在她的领导下，“摔跤手网络”总共炸毁了八百多条德国纳粹分子控制下的铁轨和公路补给线，为盟军成功实施“诺曼底登陆”提供了有力的保证。

然而，盟军诺曼底登陆的成功并不意味着珀尔·维什林顿的工作已经结束了，相反，在那之后，她遭遇了最危险的时刻。

1944年6月11日早晨，珀尔·维什林顿和她的部下被两千多名德国士兵团团围住，当时他们只有四十多个人，没有武器，有很多人甚至都没有经过训练。他们与敌人展开了一场令人刻骨铭心的战斗，所幸，附近一支约有一百多人的游击队赶来帮了他们一把，使他们免遭德国纳粹的屠杀。

在成功帮助盟军实施“诺曼底登陆”后，珀尔·维什林顿向特别行动部申请组织了二十多次武器空投，给自己的部队配备上了先进的武器。他们不断地炸毁铁路和公路，消耗了德军大量的有生力量。由于声势浩大，在珀尔·维什林顿活动的地区，竟有一万八千多名德军主动向她投降。为了抓住珀尔·维什林顿，希特勒曾经悬赏一百万法郎，要买她的性命。

二战结束后，珀尔·维什林顿与男友一起回到了法国，在那里定居下来。此后，他们一直过着宁静不受打扰的生活。珀尔·维什林顿拒绝撰写任何回忆录和传记，因为她不希望自己的故事像其他战争故事一样被改编成爱情片。

珀尔·维什林顿潜入被法西斯德国占领的法国，为地下组织搜集情报，后来还成为这个组织的领导者，带领手下的反德武装进行抵抗活动，为盟军诺曼底登陆提供支援。她的计谋并不复杂，就是“单刀直入”，以最直接的方式给予敌人最大的打击。

悟理

身为一个弱女子，珀尔·维什林顿为了理想舍弃了安稳的生活、奉献了美丽的青春。无论她所面对的处境多么艰难，勇气始终支撑着她前行。我们生活在和平的时代，但是也一样需要勇气的力量，当我们遇到困难和挫折的时候，勇气会让我们重新爬起来，为了心中的目标而继续努力。

潜伏在爱因斯坦身边的女间谍

二战期间，苏联曾经派出大批间谍去美国，要求他们不惜一切代价获得美国原子弹的秘密。玛加丽塔·科涅库娃就是其中的一个。她的任务是接近“曼哈顿工程”中的科学家。

玛加丽塔·科涅库娃的丈夫是一位出色的雕塑家，1935 年 6 月，美国普林斯顿大学邀请他为爱因斯坦塑一座雕像。当时，玛加丽塔·科涅库娃正在为寻找接近目标的机会而煞费苦心，普林斯顿大学的邀请来得正是时候。玛加丽塔·科涅库娃马上向自己的上司申请，要求借这个机会去结识爱因斯坦。

就这样，玛加丽塔·科涅库娃作为助手跟随丈夫来到了普林斯顿大学。这之后不久，爱因斯坦来到科涅库夫工作室观看自己的雕像，他与玛加丽塔·科涅库娃顺理成章地相识了。

虽然爱因斯坦并不是“曼哈顿工程”的一员，但是制造原子弹的关键原理“公式 $E=MC^2$” 却是由他提出的。其中 E 代表的是能量，M 指的是质量，C 代表着光速，如果 C 是个非常庞大的数字，那么 C 的平方显然就是一个更为庞大的数字。哪怕一个质量非常小的物体，在高速撞击之下，也会爆发出巨大的能量，而且这种反应不是断续的，而是连锁性的，它们集中起来所产生的能量之大几乎可以令整个世界毁灭。

爱因斯坦的这个公式是原子弹研究的基本原理。为德国法西斯研制原子弹的科学家海森堡和为美国军方研制原子弹的科学家奥本海默都是爱因斯坦的好朋友，曾经针对原子弹研究向他请教过多次。苏联要研究开发原子弹，除了通过接近参与“曼哈顿工程”的科学家窃取情报之外，从爱因斯坦这个世界上最智慧的大脑知晓开发原子弹的原理也是一条非常重要的途径。

1940 年 5 月，战争的硝烟逐渐向整个世界扩散，苏联也未能幸免于难，是战争初期受到创伤最严重的国家之一。此时，身在美国的玛加丽塔·科涅库娃与其他爱好和平的人士联合起来，为反战而努力工作。由于她的努力和负责，在反战组织中的影响越来越大，后来还被选为援苏协会的秘书长。那段时间，她的照片接二连三地出现在了美国的各个媒体上。也因此，她认识了很多美国上层社会的名流，就连罗斯福总统的夫人也成为了她的好朋友。

爱因斯坦也是坚决反对战争、支持和平的，在他的一生中，从来没有掩饰过自己对战争的厌恶。作为一个犹太人，一想到自己的祖国正经受着德国法西斯的侵袭，自己的同胞们都被关进了集中营，他的心情就久久无法平静。

因此，玛加丽塔·科涅库娃对和平的热爱令他十分敬佩。渐渐地，他被这位风姿绰约而又端庄大方的俄罗斯女性吸引了。自从 1936 年他的妻子艾尔莎因为罹患肾病而不治身亡以后，爱因斯坦一直过着孤独而又苦闷的生活。而玛加丽塔·科涅库娃毫不费力地敲开了他紧闭已久的心门。他给玛加丽塔·科涅库娃写了无数封情书，这对于玛加丽塔·科涅库娃来说，显然是求之不得的。

在经过了很长时间的煎熬之后，爱因斯坦向玛加丽塔·科涅库娃提出了约会。她害羞地低下了头，斟酌了半天后慢吞吞地回答道：“从常理来说，我应该拒绝您。可是，我怎么能拒绝您呢？因为……因为您是爱因斯坦啊！”

他们之间的关系进展得非常顺利。没过多久，他们就双双坠入了爱河。

尽管玛加丽塔·科涅库娃对这个鼎鼎有名的科学家动了真感情，但是她不能不正视自己的身份和职责——作为一名间谍，她的任务是从爱因斯坦这里窃取关于原子弹研究的情报。

1945 年 7 月 16 日，美国第一颗原子弹试验成功。这意味着美国拥有了其他国家无法比拟的军事优势，如果这种技术应用到战争领域，那么苏联恐怕很快就会吃败仗。为了避免这一局面，苏联方面开始加快研发原子弹的速度。一个月后，苏联国防委员会还成立了一个专门委员会，主要负责原子弹的研发。

然而，尽管间谍们已经从参与“曼哈顿工程”的科学家们身上旁敲侧击地得到了一些有关美国原子弹的信息，但这些信息远远不足以指导苏联在很短的时间里成功研制出原子弹。这时，苏联国防委员会想起了玛加丽塔·科涅库娃这颗埋伏在

爱因斯坦身边的“棋子”。

1945年8月，玛加丽塔·科涅库娃与爱因斯坦相约一同外出度假。在湖光山色的风景之中，玛加丽塔·科涅库娃左右为难，她深知，上级安排给自己的任务不仅关系到自己和丈夫的安危，而且也事关远在俄罗斯的亲人的安全。在关怀备至的情人面前，玛加丽塔·科涅库娃忍不住流泪了，她向爱因斯坦说出了隐藏在自己心中的秘密，恳求爱因斯坦与苏联驻纽约的高层官员见面。

自己的情人竟然是间谍！爱因斯坦无法接受这个事实。但是他也非常理解玛加丽塔·科涅库娃的处境，知道她如果完不成任务，就会遭遇很多麻烦，因此，为了玛加丽塔·科涅库娃，他决定冒险一试。

美国向日本的广岛、长崎投放了原子弹之后，爱因斯坦和参与“曼哈顿工程”的很多科学家一样，陷入了一种愧疚情绪之中。当初为了阻止德国开发原子弹而促成了美国的研发成功，现在，竟然给人类带来了伤害。因此，通过玛加丽塔·科涅库娃向苏联透露原子弹的原理，也是出于维护人类和平的考虑。

尽管任务最终完成了，但是玛加丽塔·科涅库娃的身份已经被爱因斯坦知晓，为了安全，苏联要求她和丈夫立即回国。她与爱因斯坦就这样泪眼相别。

爱因斯坦鳏居多年，一直过着孤独苦闷的生活，苏联情报机构深谙他的这一心理，派玛加丽塔·科涅库娃接近他，捕获他的心，从而利用两个人的亲密关系从爱因斯坦这里获取关于原子弹的情报。

世界上再也没有什么东西比和平更珍贵了。我们要把和平的精神根植于内心深处，让它成为我们的终生信仰。我们怀着美好的祈望：愿这个世界上永远不再有战争，让世界各国都团结友爱，共同生活在地球这个美好家园之中。

“南瓜”爆炸秘密

1949年8月29日一大早，额尔齐斯河南岸一片广阔的荒原上，忽然爆发出一阵震耳欲聋的响声，硕大的火球腾空而起，把整个荒原照得如同白昼，乌黑的蘑菇云在半空中缓缓升起——苏联研制的第一颗原子弹“南瓜”爆炸成功！

这一爆炸性的消息很快就传遍了世界，美国人震惊了，整个西方都震惊了！苏联怎么会用这么短的时间就步美国的后尘独立研究出原子弹？美国人不由得开始怀疑：难道苏联很早就已经开始了原子弹的研制？他们是不是偷偷从美国相关部门窃取了机密信息？

美国人的猜测是对的，苏联之所以能够在短短几年的时间里就成功研制出原子弹，正是凭借一个曾经参与过美国“曼哈顿工程”的科学家所提供的准确情报。这个神秘的间谍科学家就是埃米尔·福克斯。

福克斯是德国人，他年轻的时候曾经先后就读于莱比锡大学和基尔大学，获得了数学和物理两个学位，在大学里，他还加入了共产党。正因如此，纳粹分子对他进行了打击报复，曾经把他扔到河里，使他差点被淹死，因此他与德国法西斯有着刻骨的仇恨。

德国共产党中央对他在物理方面表现出来的才能十分欣赏，因此建议他到英国留学。福克斯接受了这个建议，在英国，他孜孜不倦地吸收新知识，学习成绩一直名列前茅。

1942年6月，美国军方开始实施利用核裂变反应来研制原子弹的计划，这就是曼哈顿工程。为了先于德国法西斯制造出原子弹，曼哈顿工程集中了当时西方国家最优秀的核科学家，动员了十万多人参与这一工程，福克斯也通过了美国方面的审查，成为其中的一员，并且还担任着重要职责。福克斯负责一座大型气体扩散工厂的设计工作，这样他能够接触到原子弹的核心机密。

然而，美国人怎么也没想到，福克斯竟然是苏联的间谍。早在 1941 年底，出于对德国法西斯的仇恨，福克斯就投奔了苏联，为他们提供情报。尤其是当他判断出西方同盟国蓄谋让苏联与德国决一死战之后，他就更加义无反顾地向苏联提供自己所掌握的一切情报。

参与到曼哈顿工程以后，福克斯立即把这个消息汇报给了苏联情报机构在美国的联系人雷蒙德。雷蒙德是一位生化学家，也是一名经验丰富的科技间谍。1944 年，福克斯先后向他提供了制造铀原子弹的实际设计图、关于橡树岭制造厂及其设备的详细报告以及钚弹的设计和制造方法等资料，这些情报的价值是不可估量的，毫不夸张地说，它们至少会使苏联成功制造原子弹的时间提前两年。

1945 年 7 月 16 日，美国研制的原子弹在新墨西哥州北部圣菲附近的大漠上进行了实验，刹那间，天地间电闪雷鸣，狂风大作，巨大的蘑菇云升腾而起——原子弹终于研究成功了！不久之后，美国向日本投放了两颗原子弹，加速了二战的结束进程。

此时，苏联领导人再也坐不住了，为了打破美国的核垄断，斯大林下令不惜一切代价加快研制原子弹的速度。于是，上千名专家废寝忘食、夜以继日地投入到了研制工作中。每当他们遇到难以攻克的难题的时候，福克斯的情报就会派上用场，起到四两拨千斤的作用，使那些难题迎刃而解。

1945 年 9 月 19 日，福克斯又交给苏联核研究所许多重量级的情报——美国原子弹的尺寸、里面的装填物质、如何制造和引爆以及在引爆现场观测到的情景及测量结果等等。这些数据都是美国在曼哈顿工程中经过数不胜数的实验才得到的，福克斯的情报让苏联占了很大的便宜。有了福克斯的帮助，苏联科学家们如虎添翼，全力冲刺，终于，1949 年春天，他们成功制造出了一颗叫做“南瓜”的原子弹，并且在当年的秋天成功引爆。

1947 年 6 月，福克斯到华盛顿汇报了工作完成情况以后，经由蒙特利尔乘坐飞机回到了英国，到英国最新组建的哈威尔原子能研究所就职，担任理论物理研究部主任。在哈威尔原子能研究所，福克斯备受尊重，他深入参与了温斯克尔反应堆、扩散工厂以及核电站等各项事务，总负责人、首席科学家科克罗夫特认为他对哈威尔有着不可估量的巨大价值。

到了英国以后，福克斯能够为苏联提供的信息逐渐减少了。从 1949 年开始，他与苏联方面的联系几乎断绝了。他本以为自己的生活从此就能恢复平静了，以后可以在哈威尔过着与世无争的生活。可是，该来的终于还是来了。

自从苏联的“南瓜”引爆成功以后，英国就开始了秘密调查行动，希望能够从曼哈顿工程的参与者中调查出情报泄露的蛛丝马迹。他们从很多年前的资料开始查起，没用多长时间就发现了苏联盗窃原子弹情报的线索，后来，又顺藤摸瓜找到了福克斯。

1950 年 2 月，英国人以触犯国家保密法的罪名对福克斯提起了诉讼，经过法庭审判，福克斯被判处了十四年有期徒刑。1950 年年底，福克斯的国籍问题被提交到了剥夺国籍委员会。对此，福克斯既没有申辩，也没有聘请律师为自己辩护，他在写给委员会的信上说，他到底效忠于谁已经不是什么问题，从被捕的那一刻开始，他就非常真诚地与相关部门进行合作。最后，根据内政大臣的命令，剥夺国籍委员会以不忠为由剥夺了他的英国国籍。

苏联利用福克斯作为自己的间谍，获取了关于美国原子弹研究的大量有用信息，为本国的原子弹研究节约了很多时间和精力，从而在很短的时间内研制出了“南瓜”并且引爆成功。利用间谍来刺探情报的并不少见，然而利用科学家作为间谍显然更加技高一筹。

要做自己心灵的忠实向导，任何人都不能取代这个位置，不要轻信他人，更不要依赖别人的判断。时刻保持清醒睿智的头脑，我们才能理性地判断生活中遇到的每件事情，避免受到他人的蛊惑或者不当的诱导。

克格勃的间谍明星 乔治·布莱克

清晨，温暖的阳光照耀着莫斯科郊外的一座小别墅，在别墅前郁郁葱葱的草坪里，有两位老人正坐在休闲椅上，热火朝天地聊着天，时不时地还会爆发出一阵阵愉快的笑声。在离他们不远的地方，他们的太太正在烤着牛肉，香喷喷的味道随风飘散……这惬意的一幕如果让英国的情报机构看到了，他们一定会暴跳如雷。因为这两位老人都是英国情报机构的叛逃者，其中一个是克格勃的间谍明星乔治·布莱克，他是苏联列宁勋章和红旗勋章的获得者，曾经创造了世界谍报史一个又一个奇迹。

乔治·布莱克 1922 年 11 月 11 日出生在荷兰鹿特丹的一个普通贫民家庭，父亲因为患了重病不治而亡之后，母亲再也无法养活一大家子人，于是乔治·布莱克就离开了家，来到了埃及的姑妈家寄居。在埃及，乔治·布莱克与他的叔叔，也就是后来成为埃及共产党领导人的亨利·库里尔朝夕相处了三年，他受到了叔叔的深刻影响，成为了一个共产主义者。

三年后，乔治·布莱克回到了荷兰。没过多长时间，德国就入侵了荷兰，因为乔治·布莱克在埃及的这段经历，德国纳粹分子把他逮捕了，后来乔治·布莱克想方设法逃出了集中营。

为了躲避德国人的搜捕，乔治·布莱克辗转来到了英国，并且报名参加了英国海军。过了一段时间之后，他的上级发现他具有出色的语言才能——精通英语、荷兰语、法语和德语，认为他是一个可以培养的好苗子，于是就把他送到了军官学校进行培训。经过培训后的乔治·布莱克成了英国海军情报部门的一员，后来又转到特别行动委员会荷兰分部，在那里从事密电码的截收和破译工作。

第二次世界大战结束以后，乔治·布莱克已经被提拔为海军上尉，在汉堡的英国军舰上担任情报官。特别情报处官员肯尼思·科恩发现了他在间谍方面的独特才能，于是推荐他到了外交部。外交部把他分配到了外事局九处一科做代理领事，以掩饰他的真实身份——英国间谍。

几个月以后，乔治·布莱克接到上级的通知，要求他去韩国的首都汉城（今首尔）任职，当时谁也没有想到，这次远东之行彻底改变了乔治·布莱克的命运。

1950年6月25日，朝鲜战争非常突然地爆发了。当朝鲜人民军打到汉城之后，英国公使馆里的所有人，包括乔治·布莱克，全都成了阶下囚。后来，他们与法国使团的成员一起，被拘押在位于鸭绿江边的一个小城市。

在朝鲜，乔治·布莱克亲眼目睹了李承晚政权的腐败无能与昏庸没落，亲身经历了美国轰炸机对朝鲜村庄的无情摧残，他的内心受到了极大的触动。

在朝鲜拘留营里，苏联和朝鲜开始对乔治·布莱克以及他的同事们灌输共产主义思想，希望他们能够归顺自己这一方。这些思想勾起了乔治·布莱克在埃及的经历，他的内心开始产生了动摇，并且越来越倾向于共产主义。

在被捕后的第十七个月，乔治·布莱克终于坚定了决心，打算投靠苏联，他告诉当时管理他们的苏联军官库兹米奇，说他已经信仰共产主义，愿意为苏联克格勃服务。有趣的是，库兹米奇后来反而叛逃到了美国，投靠了美国中央情报局。

但尽管如此，乔治·布莱克还是提出了为苏联工作的三个条件：首先，他只能为他们提供与反对共产主义国家有关的英国情报活动的情报；其次，他不接受一分一毫的酬金；再次，不必提前释放他。无论如何，从那时开始，乔治·布莱克就成为了一名克格勃的间谍。对于他的这一转变，他的同事们一无所知。

1953年3月，在苏联驻中国大使馆的帮助下，乔治·布莱克和英国公使、领事等人回到了英国。对于他们的归来，英国外交部高级官员表示热烈欢迎。回到英国以后，乔治·布莱克被安排到了英国军情六处克伦威尔街分部工作，他的主要职责是窃听和秘密拆封外交邮袋，从中获取对英国有利的情报。

由于他表现优异，1955年春，乔治·布莱克得到了一次提拔，被派到了西柏林奥林匹克体育场内秘密情报局工作站担任技术行动部副主任。在这里，他主要负责对驻德苏联军队的情况进行研究，并且在苏联军官中寻找可能的叛徒，对他们进行利用。英国人怎么也没有想到，乔治·布莱克真正效忠的是苏联克格勃，而不是英国情报机构。

在乔治·布莱克的间谍生涯中，最为得意的一个杰作是向苏联提供了“柏林隧道”的秘密，使英美情报机构遭到了巨大的损失。

1953年，英国情报机构制订了一个叫做“黄金行动”的计划：从西柏林挖掘一条长达五百米的隧道，直通东柏林，并在东柏林至莫斯科的三条地下电缆上，采用英国工程师设计的搭线方法，对东德进行窃听，以此作为超级情报来源。因为隧道要从美国占领区开始挖掘，因此，美国中央情报局也参与了这项秘密行动。

为了挖掘这条隧道、安装窃听设备，英国情报机构花费了一年的时间和两千五百万美元的巨额资金。但他们没有想到的是，隧道还未动工之前，乔治·布莱克就已经把这项绝密计划的相关文件泄露给克格勃了。因此，1956年，苏联出兵匈牙利的时候，地道里却没有传出一点征兆。原来，早在这之前，苏联人就把机密情报改在其他线路上传送，同时，利用这几条电缆向西方传送假情报。直到1961年，乔治·布莱克间谍案曝光后，英美情报机构才意识到自己被苏联人耍了。

乔治·布莱克使用的计谋正是三十六计中的“明修栈道，暗渡陈仓”，英美情报机构大费周章地修筑了一条隧道，原本打算用它来获取情报，但乔治·布莱克却将这一秘密泄露给了苏联克格勃，导致美英所有的功夫都白费了。

乔治·布莱克辗转于两个国家之间，最终找到了自己的真正信仰——共产主义。为了这个信仰，他不辞辛苦，更不惧危险。这就是信仰的力量。只有虔诚的信仰能够激发灵魂的高贵与伟大。我们也必须坚持心中的信仰，让它成为我们人生的指路明灯。

埃及谍王杰克·比顿

杰克·比顿出生在埃及的一个不为人知的角落里，年少时的他精力充沛、聪明过人，曾经参演过几部电影，在里面扮演一些不起眼的小角色。后来，他成为一名船员，跟随远洋货轮一起闯荡英、法等国家。

1952年7月，埃及革命轰轰烈烈地爆发了，埃及国内的局势一下子变得动荡不安。为了远离战争的炮火，杰克·比顿怀揣着从黑市上买来的假证件，企图偷偷出国，然而途经利比亚的时候，英国边防人员注意到了行迹诡异的他，对他进行盘问，识破他的意图之后把他遣返回了埃及。

一回到埃及，杰克·比顿立刻遭到了拘捕，而且移交他的英国军官还向埃及人透露：英国方面怀疑他是一名犹太人，有可能是以色列的间谍。在埃及，如果这些指控被证实，那么，杰克·比顿恐怕马上就会被判处重刑。

为了免遭这一厄运，杰克·比顿开始发挥自己的表演才能，向埃及警方编了一连串令人乍舌的离奇故事，不但对自己的违法行为和犹太人身份进行隐瞒，而且还歪曲了自己的真实历史，让那些审讯官们拿他一点办法也没有。不得已之下，为了搞清楚他的真实身份，埃及警方只好向埃及情报署请求帮助。

没过多久，埃及情报署就派来了一个高级情报员对杰克·比顿进行调查，这个情报员非常能干，没花多长时间就撬开了杰克·比顿的嘴。在审讯的过程中，情报员被杰克·比顿快捷的反应能力、出色的表演功力以及随机应变的本事吸引住了，他认为杰克·比顿具有一名优秀间谍的素质，如果对他进行培养，也许会为埃及情报

署增添一个得力干将。

埃及情报署同意了这名情报员的建议，决定吸纳杰克·比顿到自己的队伍之中。然而，杰克·比顿却坚决地拒绝了他们的要求。埃及情报署也不跟他废话，直接开门见山，给了他两条路，让他自己选：要么被判重刑，把牢底坐穿；要么加入情报署，当间谍。

为了重获自由，杰克·比顿当然选了后一条路，成为了一个埃及间谍。在埃及情报署的安排下，杰克·比顿接受了基础强化训练。训练内容五花八门，从埃及革命的起因到经济学常识，从经营跨国公司的技能到金融税务知识，无所不包。除此之外，他还接受了军事与情报专业培训，包括武器使用、自卫以及情报业务技能，如拍照、发报、密语使用等。就这样，被埃及情报署精心打造的杰克·比顿，逐渐成长为一个成熟而又敏锐的优秀间谍。

1954年7月，以色列人对埃及发起了“苏珊娜行动”，先后在几个大城市里策划了几起针对居住在埃及境内的英国人、美国人以及他们在那里的财产设施的恐怖爆炸案，企图嫁祸埃及，离间埃及与英美的关系。

埃及警方立刻提高了警惕，对以色列的这个行动进行回击，不但成功地破获了这几个案子，而且还一举拿下以色列安插在埃及的十多名情报人员，将以色列在埃及费尽苦心建立的两个间谍网摧毁。为了进一步了解以色列的情报部署，埃及情报署决定派杰克·比顿到以色列埋伏下来，进行间谍工作。

1956年6月，杰克·比顿离开了埃及，辗转来到了以色列的特拉维夫，并在那里定居了下来。

在特拉维夫，杰克·比顿投入了三千美元注册了一家公司，主营旅游业务。他凭借自己在训练过程中学到的经营知识以及自己的出色才能很快就在以色列站住了脚。他的旅游公司业务不断拓宽，规模越来越大，与此同时，杰克·比顿认识的犹太人也越来越多。不仅如此，他还接触到了以色列的一些高层人物，甚至就连以色列国防部长摩西·达扬和后来成为以色列总理的本·古里安，都与杰克·比顿建立了友谊。

在1956年10月的“苏伊士运河战争”发生之前，杰克·比顿就获得了以色列对埃及发动进攻的情报，甚至连以色列部队的具体作战计划都尽在他的掌握之中。他以最快的速度把这些情报传递给了埃及情报署。可惜的是，埃及情报署却非常主观地认为，杰克·比顿第一次执行任务，根本不可能获取到这么准确的信息，因此，对这一关键性的情报并没有给予充分的重视。等到战争爆发的时候，他们已经追悔莫及了。

杰克·比顿在以色列潜伏的这段时间里，曾经先后为埃及提供了很多类似的重要情报。比如，以色列在“第三次中东战争”中对埃及发动进攻的准确日期，以色列在沙漠地区进行核实验的详细情况及相关核设施的部署情况等等都是经由杰克·比顿之手传递到埃及国内的。

不过，让杰克·比顿在世界谍报史上立下威名的是他向埃及提供的以色列军队在西奈半岛的布防图以及“巴列夫防线”的详细构造图。这份情报，可以说是杰克·比顿窃取到的最重要的情报，它不但帮助埃及部队在1973年10月“第四次中东战争”初期抢夺到了战场主动权，而且还在迅速突破苏伊士运河天堑、一举击溃以军的抵抗等方面发挥了关键的作用。

杰克·比顿在以色列一共生活了十七年，当了十七年的间谍，令人吃惊的是，在这漫长的时间里，他一直把自己的身份隐藏得天衣无缝。

直到他去世之后，他的身份才被披露出来。1986年，埃及最大的英文报纸《开罗时报》第一次向世人介绍了这位阿拉伯民族英雄：“他是天生的间谍，为埃及立下了赫赫功勋。在他离开这个世界的一刻，人们才发现，原来他就是传说中的埃及谍王。”

杰克·比顿阴错阳差地成为埃及间谍，在他的间谍生涯中，他的谋略与智慧发挥了重大的作用，使他不但屡屡完成任务，而且始终没有暴露自己的身份。潜伏十七年，他为获取不同的情报使用不同的招数，招招有奇效，取得了前所未有的成功。

困难如同一面镜子，我们对着它微笑，它就会回报给我们微笑。如果我们对着它哭，最终得到的也是狰狞的面孔。与其被困难吓倒，不如把它看成一个纸老虎，蔑视它，克服它，在对困难的挑战中超越自己，最终成为生活的强者。

埃杰克斯行动

20世纪50年代，伊朗的摩萨台上台执政，他奉行的是亲苏政策，采取了一系列打击英国在伊朗势力的行动，对此，不但亲英美的国王巴列维十分不满，还惹恼了英国政府。

英国政府一直在为推翻摩萨台做准备，还向盟友美国发出了信号，希望得到美国的支持。1953年，英美两国情报局开始实施酝酿已久的“埃杰克斯行动”。所谓的“埃杰克斯行动”就是用金钱收买一帮暴徒，让他们在街头滋事，将伊朗社会搞得一片混乱，然后由亲英美的伊朗将军法兹卢拉·扎赫迪率领亲信部队乘机夺取政权，将摩萨台赶下台，并逮捕入狱。

“埃杰克斯行动”的总指挥是中央情报局局长杜勒斯，由此可见这场行动的规格之高。美国前总统富兰克林·罗斯福的儿子克米特·罗斯福直接负责这次行动。1953年3月，克米特来到伊朗，为实施“埃杰克斯行动”进行准备工作，与相关人员会面并部署行动方针。7月，克米特化名“洛克里季”再次潜入伊朗，隐居在一间位于半山腰的小别墅里，将在那里集结起来的亲英美的军官们组成突击小组。

“就靠我们这些人就能把摩萨台首相赶下台吗？”有人充满怀疑地问。

克米特鼓励他：“是的，虽然你们的力量目前还很单薄，但是你们会成为伊朗的民族英雄。别忘了，站在你们身后的是实力雄厚的美利坚合众国和大英帝国。”

“那苏联会从中插一脚吗？”有人在担忧苏联会干涉。

克米特不屑地说：“你觉得他们敢吗？他们可没有实力再打一次世界大战了！”

1953年8月10日,“埃杰克斯行动”的总指挥杜勒斯夫妇、美国驻伊朗大使、国王巴列维的妹妹阿什拉英在瑞士秘密会面。美国方面希望阿什拉英回去给她的哥哥巴列维传话,让他提前做好心理准备。随后,杜勒斯派“埃杰克斯行动”行动组重要成员施瓦茨科普夫将军去伊朗拜会扎赫迪。

见到扎赫迪以后,施瓦茨科普夫开门见山地说:“扎赫迪将军,国王打算把一项重要使命交给你,你愿意承担吗?”

扎赫迪坚定地说:“愿意!”

于是,施瓦茨科普夫就把“埃杰克斯行动”的安排和计划一五一十地告诉了他。扎赫迪听了以后,立即表明自己的决心:“我一定不辱使命!”

施瓦茨科普夫郑重地说:“我们相信你一定能完成这个任务。但是捉住摩萨台并不难,难的是控制局势,希望你能明白。”

这边,克米特做好了充分的准备工作之后,就秘密潜入了国王府邸,与巴列维国王会面,商讨可能会出现的状况,以便未雨绸缪。克米特还建议巴列维先发布命令免除摩萨台的职务,改任扎赫迪将军为首相。

巴列维听了克米特的话以后,大吃一惊,他疑惑地问:“罗斯福先生,如果这样就能使问题迎刃而解,那么我为什么要找你们帮忙呢?”

克米特笑了笑,说道:“国王陛下,你为什么不试一试?也许这是可行的。”

但国王还是不敢贸然行动。

克米特解释道:“陛下,你这样做是‘先礼后兵’,如果摩萨台胆敢违抗你的命令,那扎赫迪将军不就出师有名了吗?即使摩萨台不服从,他也不会从中嗅到什么危险,谁会把阴谋公之于众呢?你既然敢公之于众,在他看来,当然也就没有什么阴谋了!”

巴列维这下开始相信这个计策可行了,不由得笑了起来。

其实,摩萨台对扎赫迪等人的行动已经有所察觉,为了镇压他们,他采取了一些行动,还下令逮捕扎赫迪。除此之外,摩萨台还向国王和议会请求得到特别权力,从而使他能够更有力地推行自己的政策，但可惜的是，现在他说的话已经没有太大的分量了。此时，伊朗的局面越来越混乱。

1953年8月13日，巴列维签发了免除摩萨台首相职务，由扎赫迪来担任首相的命令。果然，摩萨台对于这个命令置若罔闻。这恰好给了扎赫迪推翻摩萨台的理由。两天后，扎赫迪开始对摩萨台发起了进攻。但摩萨台也不是泛泛之辈，他很快就采取了强有力的对策，下令全城搜捕扎赫迪，还让部队和警察设置了障碍，甚至有一支装甲部队还开进了德黑兰。扎赫迪的政变彻底失败了。

得知政变失败以后，克米特十分沮丧，但他没有放弃，为了挽回颓势，他不得不重新进行策划，拟定新的计划。

克米特抓住了“摩萨台违抗国王命令”这一点开始大做文章，他召集了很多人在德黑兰街头散发诏书副本，给群众们造成一种摩萨台抗旨不遵的印象，这在伊朗是违反宪法的。克米特还收买了一些伊朗人组织了一场大游行，他们一边高呼“国王万岁”，一边喊着“摩萨台倒台”，打砸抢无所不用其极，导致伊朗的局势更加紧张。

克米特看到游行的效果十分明显，于是过了两天以后，他又发动了一场反摩萨台的大游行。在他的煽动之下，游行的人袭击了政府办公大楼和支持摩萨台的报纸及政党总部。政变组织趁机开始活动，他们先是占领了电台并进行谴责摩萨台、支持扎赫迪的广播，然后又攻占了伊朗军队总司令部，接着他们乘胜追击，向摩萨台的官邸开进，双方进行了激烈的交火，最后摩萨台不得不投降，政变终于取得了最后的胜利。

得知政变成功的消息以后，躲在国外的巴列维重返伊朗，任命扎赫迪为首相，组织内阁，坐稳了国王的宝座。他亲自向克米特·罗斯福表示了感谢：“感谢你，没有你，我的王位将会被别人占据。”

而克米特这么做可不是为了伊朗，而是为了美国。在这场政变中，最大的赢家是美国：伊朗开采的石油40%给了美国石油公司。

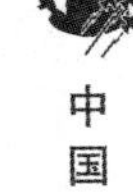

克米特是一个成功的间谍，他孤身一人潜伏到了伊朗内部，在不为敌人察觉的情况下秘密组织了大批政变力量，在一片混乱的局势中集结了一支强有力的武装，而且还冒险与国王巴列维直接对话，与他沟通政变事宜，保证了政变的最终胜利。他的这番举动，可谓“置之死地而后生”。

悟理

每个人都有可能会遭遇困境和挫折，然而不同的人却表现出了不同的态度。有的人在困难面前屈服了，放弃了努力，最终一事无成；有的人却依然咬牙坚持着，绝不轻言放弃，用自己的信念与执著开拓出了一片广阔的天地。前者永远无法撕下贴在自己身上的“失败者”的标签，而后者，却能一次又一次品尝到成功果实的甘甜。你愿意做哪一种人？

东方快车历险记

勒鲁瓦是法国国外情报和反间谍局第七处的处长，他是西方谍报界公认的一位有勇有谋、有胆有识的间谍大师。根据法国情报机关内部的统计，法国 90%的谍报战果都来自于勒鲁瓦领导的第七处。

从东方快车上截获苏联人运送的外交邮件是勒鲁瓦的情报史上最为辉煌的一幕。当勒鲁瓦对同事们说自己要直接对苏联外交邮件开刀的时候，同事们无一例外地认为他疯了，因为在世界各国中，苏联对外文邮件的防范是最为严格的，很难找到突破口。

谨慎的苏联人为了把他们的信件和报告安全送回国内，想了一个虽简单却最为有效的方法：每天，由两个苏联信使乘坐东方快车离开巴黎。东方快车先后途经斯特拉斯堡、斯图加特、慕尼黑和维也纳，一直驶向巴尔干，然后到达瓦尔纳和伊斯坦布尔。

苏联人使用的信使都是经过千挑万选和严格训练的，他们不但功夫很厉害，而且还具有超强的反应能力，能够应对各种各样的进攻。他们一般在巴黎东站上车，一上车，两个苏联人就把自己关在包厢里，一步也不离开。他们把装着外交邮件的公文包视为珍宝，紧紧抱在胸前，摆出了一副“谁也别想把它们从我身边拿走”的架势。

东方快车在沿途各站停靠的时候，其他苏联人就会登上列车，来到这节车厢，用约定好的暗号敲门。对上暗号以后，信使把门打开一个小缝，收下信件，然后再次把自己紧锁在包厢里。无论来送信的人是谁，他们都不与对方进行任何交流。到了布加勒斯特之后，两个信使下车，然后从那里把信件装上飞机，运送到莫斯科。

怎样从这两个护送信件的行家手里拿到苏联的外交邮件呢？为了解决这个问题，勒鲁瓦简直伤透了脑筋。他冥思苦想了很长时间，终于，一个简单但却具有迷惑性的计划在他的脑海里逐渐成型了。首先，勒鲁瓦订下了东方快车上与苏联信使所在的包厢紧邻的一间包厢，这样他们与苏联人在整个旅途中其实只有一块木板相隔，为他们的"现场作业"提供了充分的条件。然后，在东方快车经过位于巴伐利亚州与奥地利之间的那条狭长而又黑暗的隧道的时候，用一架小型的钻孔机在两个包厢之间的隔板上迅速钻一个小孔。不用担心钻孔声会被苏联人听到，因为相对于火车发出的巨大声响，小钻孔机的响声是微乎其微的。这之后，把一个注射器从小孔中插进去，向苏联信使所在的包厢里喷射适量的麻醉剂，使他们不知不觉地陷入到沉睡之中。接下来，法国间谍们就可以大展身手了。打开苏联信使的房门，从其手中拿到装满文件的公文包，对他们而言简直是再简单不过的事情了。

勒鲁瓦还对时间进行了准确的计算，从德国和奥地利的边界到维也纳，大约需要半个小时的时间。在这段时间里，用微型照相机对外交邮件进行拍摄，合上公文包，送回苏联信使的包厢并且锁好门，应该是可以完成的。

等到苏联信使从沉睡中渐渐苏醒过来以后，他们一定会对自己不小心睡着了感到吃惊，甚至有些疑惑。但是他们没有按照上级的要求始终保持警醒，要是被上级知道了，一定会处分他们，因此，他们肯定不会将这个奇怪的遭遇向上汇报，而是会选择隐瞒不报。当他们检查身边的公文包，发现里面的信件是完整无损的以后，就更加坚定了隐匿这个情况的决心。

事情如果像这样进展下去的话，当然是最好了。但是万一时间不够，不能在现场按照预先设定好的程序完成窃取情报的任务，又该怎么办呢？勒鲁瓦从不放弃对最坏情况的考虑。他设想如果真的出现了这种情况，就只好把公文包从车窗扔出去，让 HD 式飞机介入行动。

接下来，沿着铁路线寻找苏联的外交邮件就成了飞行员们必须严加训练的一个项目。飞机上的情报人员凭借着几条长长的钩索，趁飞机缓缓下降直到贴近地面飞行的时候，快速地把外交邮包捡起来。对此，他们反复进行了几百次训练，以确保万无一失。

勒鲁瓦对整个行动的全过程都进行了仔细的研究，甚至精确到了每一秒钟的安排。为了事先做好准备，他还让间谍人员在几种车厢的隔板墙上连续进行了钻孔实验，直到他们能在最短的时间里顺利地完成这件事。

勒鲁瓦准备的麻醉剂也是非常特殊的，它们具有充分的功效，能够麻痹苏联信使的反射功能和运动中枢机能，使他们在几秒钟内陷入到持久酣睡之中。而且这种麻醉剂的挥发性也特别强，喷射之后很快就会扩散消失，等到勒鲁瓦的间谍人员进入房间里的时候，麻醉剂已经失去了威力，不会对自己人造成伤害。

勒鲁瓦还特别安排了一些人在列车上进行把风，一旦出现问题，可以随时提供支援。

在勒鲁瓦的精心部署之下，两名间谍人员成功地完成了任务。在预定的时间里，他们封好了最后一个邮包，带着装有微型照相机和全部胶卷的手提公文箱走出了苏联信使的包厢。

勒鲁瓦的这次行动收获非常丰厚。虽然这次行动后不久，法国情报机构因为害怕会因此导致与苏联人之间的严重冲突，禁止勒鲁瓦再进行类似的冒险活动，但是勒鲁瓦的这次东方快车历险记无疑是一个非常成功的间谍行动。

炼智　谋而后动，才能确保任务的万无一失。勒鲁瓦深知这个道理，因此，在登上东方快车进行窃取情报活动的时候，他先是对行动的每个环节都进行了精心而又周密的部署，保证每一个链条都能够紧密地连接在一起，才进入到计划的实施阶段，最后行动完全达到了预想中的效果。

悟理　事先没有进行计划，那么目标往往也会成为一句空话。计划就像是一座桥，将我们现在所处的位置和你想要去的地方连接在一起，使你能够成功地到达目的地。计划对于人生而言也是十分关键的，没有计划的人生是杂乱无章的，虽然看上去忙忙碌碌，但却收获甚微。

总理身边的“鼹鼠”

1927年2月1日，纪尧姆在德国柏林的一个小镇里降生了。他从十四岁开始就在照相馆当学徒，当时的他怎么也不会想到，多年以后，他竟然会以此来掩护自己的真实身份——间谍。

1945年，民主德国国家保安局对纪尧姆的家庭情况和生活经历进行了全面调查以后，决定吸收他成为组织的一员。于是，纪尧姆开始了严格正规的谍报训练。他仿佛天生就具有做间谍的才能，先后学会了各种间谍技巧，其中最令他感兴趣的是通过分析目标人物的行为，利用他们的弱点来施展自己的优势。

训练结束以后，纪尧姆回到了柏林。为了更好地隐藏自己的间谍身份，他与一名叫做克里斯特尔·博姆的机关职员结了婚。克里斯特尔·博姆也是一个间谍，而且还是德国共产党员，他们两个人可谓珠联璧合，配合得非常默契，一起协作完成了一项又一项任务。

1954年底，民主德国国家安全部派纪尧姆到西德进行间谍活动，要求他想方设法打进社会民主党内部，尽最大努力帮助该党在竞选中获胜。为了更好地完成任务，纪尧姆进行了充分的准备。为了适应西德的环境，他先以游客的身份到联邦德国进行考察。纪尧姆不愧是一名出色的间谍，只用了很短的时间，就把西德各个党派尤其是社会民主党的基本情况了解得非常透彻，而且对党内主要政治人物的人生经历、生活方式以及习惯爱好等都了如指掌。

经过一年半的调查了解之后，1956年5月4日，纪尧姆带着妻子以难民的身份从东柏林来到了西柏林，然后又乘坐飞机到了法兰克福，向联邦德国递交了移民申请。他的岳母是荷兰人，在她的担保之下，纪尧姆顺利地通过了有关部门的审查，得到了在法兰克福定居的准许。

在这个人生地不熟的地方，纪尧姆隐姓埋名，先从最苦最累的活干起。他又干回了自己的老本行，开了一家照相复制和胶片复印所。后来实在经营不下去，他又去一家杂货店打工。他工作努力，勤奋肯干，因此受到了老板的信任。一年以后，纪尧姆在法兰克福已经站稳了脚跟。这时，社会民主党正处于一个动荡期，纪尧姆抓住了这个时机，开始走向政坛。

他们夫妻一同申请成为社会民主党的一员。因为他们非常小心地隐藏了自己的移民身份，而且还操着一口流利的柏林方言，因此，很快就通过了审查，进入了所在地区的社会民主党支部。

纪尧姆仍是从基层开始干起，他的妻子却与他截然不同，表现得非常活跃，在党内的地位不断提升，后来成了斯特拉斯堡欧洲议会议员维利·比克尔巴赫的私人助理。很多人都嘲笑纪尧姆，说他是吃软饭的，没有自己老婆能干。但实际上，这是他们的一种策略。纪尧姆保持低调是为了待在家里接收电报，而妻子抛头露面则是为了获取更多的情报，他们之间的配合十分默契。

四年来，纪尧姆一直勤勤恳恳地做好自己的本职工作，为以后踏上仕途构筑了坚实的基础。

1961 年，纪尧姆成为社会民主党北法兰克福分部的副书记，为参加社会民主党的竞选做着准备。随着人们对社会民主党越来越信任，社会民主党的领导者们开始考虑独立统治。为了抓住这个机会，纪尧姆开始为将来进入党内高层进行准备。

但是，他所在的北法兰克福选区的后任财政部长流斯·马特赫费尔对他有一些偏见，经过仔细权衡以后，他认为自己在北法兰克福选区竞选成功的概率比较小。于是他当机立断搬到了南法兰克福选区。在那里，他与平民出身的格奥尔格·勒伯尔非常投缘，赢得了对方的信任，成为其最得力的竞选助手。

在他们的努力之下，竞选大获全胜，格奥尔格·勒伯尔被任命为国防部长，他大力推荐纪尧姆，提议由纪尧姆来担任政府官员。虽然西德的安全机构对纪尧姆仍然有所怀疑，总理府人事处也因为他学历不高而提出质疑，但是，凭借着自己隐忍多年精心打造的忠诚厚道的形象，纪尧姆还是如愿以偿地进入了总理府。

1973年1月，格奥尔格·勒伯尔再度举荐纪尧姆，希望由他来担任党务顾问。为此，纪尧姆不得不接受更高级别的安全审查，这一次，情况似乎有些不妙，安全部门的结论是：怀疑纪尧姆是一个十分危险的可疑人物。

这个结论对于纪尧姆来说非常不利，他多年的心血眼看就要付之一炬，甚至很快就会遭到逮捕的厄运，忧心忡忡的他马上陷入了困境之中，不知怎么办好。

就在这个十万火急的时候，格奥尔格·勒伯尔站了出来，为纪尧姆做担保，他还说服了勃兰特总理，使得总理亲自点名，让纪尧姆出任自己的私人助理。真是塞翁失马，焉知非福，经过十七年的持之以恒的努力，纪尧姆终于成功地走进了西德的政治权力中心。

在这之后，勃兰特总理的信任和纪尧姆的职位为他的间谍工作提供了十分便利的条件。他每天都寸步不离地伴随总理左右，随时随地等待着总理的差遣，无时无刻不恭敬诚恳，使得总理对他十分满意。

但是总理恐怕做梦也想不到，这个尽职尽责的助理，竟然每天都在源源不断地把西德的情报输送给东德，而且还在不知不觉之中用东德方面的思想意识去影响甚至改变着西德的政治。

纪尧姆采取了“瞒天过海”的策略，隐姓埋名十八年，从最底层的工作干起，最终当上了总理的私人助理。他巧妙地用谎言和伪装向西德的政治高层们隐瞒了自己的真实意图，就连安全部门都找不到他的破绽，最后终于走进了政治权力中心，使得西德的机密情报如同囊中之物。

俗话说：有志者，立长志，无志者，常立志！如果缺乏坚持不懈的精神，总是习惯于半路放弃，那么，你终将一事无成。水滴石穿，唯在坚持。只有持之以恒的坚持才能使你顺利地到达成功的彼岸。

法国间谍偷天换日

阿尔及利亚战争时期，法国情报机构组建了一个秘密行动分局，这个分局的主要任务是悄悄潜入埃及大使馆，盗取埃及大使馆保险柜里的绝密文件副本。埃及大使馆是阿尔及利亚民族解放阵线的主要活动基地，守卫非常森严，外人毫无途径进入其中，那么，法国间谍为什么能够一次次顺利潜入呢?

其实，这个问题不难回答。秘密行动分局在埃及大使馆里收买了两个线人，其中一个是老门卫。这个门卫是个法国人，由于他擅长在大使面前表现得忠厚老实，因此，一直很受信任。秘密行动分局抓住了他嗜酒的习惯，只用每月给他三百五十法郎就收买了他。

大使馆的信件都会交给老门卫，由他送到邮局去邮寄。每次去邮局之前，老门卫都会拎着装满信件的皮包来到一家固定的小酒馆和法国特工多兰见面，把皮包交给多兰。多兰立刻飞奔到停在酒馆不远处的汽车上，将信件拆开、拍照，按原样封好以后，再把皮包带回酒馆，还给老门卫。通过这种方式，秘密行动分局多年来获取了许多情报。

埃及人鲁克索尔也是法国间谍的线人，他是大使的总管，职责是为大使寻找娱乐场所，深得大使的信任。在法国多年，他已经习惯过这种舒适的生活，不想再回到开罗。法国间谍看透了他的这种心理，因此让多兰找机会与他认识，然后开门见山地给了他两个选择：要么为法国情报机关服务，要么就会被吊销在巴黎的居住权，被驱逐回埃及。鲁克索尔想了想，最终选择了前者。

秘密行动分局从老门卫那里搞到了大使馆的平面图，认真研究以后，决定利用法鲁克国王和纳吉布将军时期修建的地下室，现在那里已经成为了一个废纸库。

一天，鲁克索尔找机会溜进了地下室，用打火机点燃了一堆废纸，然后飞快地跑了出去，在走廊里假装无意中路过的样子。这时，浓烟从地下室里冒了出来，鲁克索尔一边大喊“着火了”，一边奋不顾身地救火。

当其他人赶到的时候，鲁克索尔已经扑灭了火，大使看着被烟熏得黑乎乎的他，大声称赞他是个英雄。趁这个机会，鲁克索尔说道，地下室里堆着这么多废纸，随时都有可能引发火灾，应该早点处理了。于是大使就把这个任务交给了他，让他找一家废纸回收公司来把这些废纸拉走。

第二天一早，多兰就假扮成废纸回收人员来到了埃及大使馆，老门卫看到他以后，让卫兵把他带到地下室。

多兰扛着一捆麻袋，在卫兵的监视之下，把废纸收拾干净，然后一袋一袋扛到了车上。到了大使馆的后门，他假装系鞋带，用手扶了下门锁，神不知鬼不觉地用藏在手心里的橡皮泥获得到了锁印。

由于废纸太多了，一天干不完，于是多兰把剩下的空麻袋留在了地下室，说第二天接着用。

晚上九点多的时候，多兰和搭档悄悄地来到了埃及大使馆，他们贴着大使馆的墙跟，像老鼠一样蹑手蹑脚地向后门走去。多兰拿出配好的钥匙轻轻地打开门锁，两个人悄无声息地溜进了大使馆。利用大使馆的平面图，他们很顺利地找到了楼梯口。

他们小心翼翼地踏上楼梯，潜入了位于四楼的首席参赞办公室。多兰的搭档擅长开保险柜，参赞保险柜的锁对于他来说根本不是个难题。很快，他们就在保险柜里找到了自己需要的绝密文件的副本。

他们把这些材料带到了地下室，然后又打开了档案室的门，盗取了更多的资料。这次行动的收获之大出乎他们的意料，两个人都十分兴奋，一直忙活到了夜里一点钟。

正当他们准备撤退的时候，忽然听到地下室外面传来了脚步声，有人正在向这边走来。他们的心顿时提到了嗓子眼，似乎呼吸都要停止了。脚步声越来越近，他们做好了准备，必要的时候打算将发现他们的人一举干掉。过了一会儿，一个卫兵出现在了地下室门口，随手将一卷旧文件扔进了地下室，然后就走开了。

多兰这才松了一口气，与搭档一起拖着疲惫的身体，从后门溜走了。

第二天，多兰又假扮成回收公司的工人来到了埃及大使馆。他的心里十分忐忑：要是偷盗的事情已经暴露，那么，他这次来不是自投罗网吗？卫兵给他打开了门，放他进去，似乎什么也没发生过。多兰这才放下心来，把一袋袋的废品装上了车，其中当然也包括那些绝密文件。

正当他发动汽车打算离开的时候，一小队埃及卫兵从后门跑了出来，对他喊道："等一会儿！"多兰的头上立刻冒出了汗，但他很快就平静了下来，从车窗伸出头问他们还有什么事情，原来是四楼的档案室正在打扫卫生，还有一些文件要扔掉。多兰心想这真是老天开恩，竟然又让自己发了一笔"意外之财"！

这批废纸可真不少，他楼上楼下跑了很多趟才运完，累得直打颤。埃及人对他十分满意，一个官员走过来请他抽烟，问他认不认识可靠的锁匠，为了安全起见，大使馆想把所有的锁都换成新的。

听到这个消息，多兰兴奋得心都快要跳出来了，他立即回答道："当然认识，我的一个好朋友就是锁匠。"

第二天，多兰就领着他的"好朋友"柯义东来到了埃及大使馆。柯义东是秘密行动分局 C 科的头号盗窃专家，他擅长换锁，很快就把大使馆的锁全部换成了新锁，埃及人对柯义东赞不绝口。但他们没想到的是，从此之后，法国情报机关就拥有了埃及大使馆每个房间的钥匙。对法国情报机关来说，埃及大使馆就像是自己的阅览室一般，再也没有什么秘密可言了。

法国人先是采用威逼利诱的手段收买了埃及大使馆的两个人做自己的线人，获取了可靠的情报，然后又派间谍潜入到了大使馆内部，来了一个“瞒天过海”之计，偷走了大使馆里的绝密文件。埃及人竟然相信了这些间谍，把间谍当成锁匠，把自己的秘密拱手相让。

悟理

细节之中往往蕴涵着成功的种子，然而生活中大多数人都习惯了走马观花，看不到这些种子的存在。只有有心的人才能从被别人忽视的细节里发现机会，精心培育它们，让它们萌芽、抽枝、开花，最终结出丰硕而又甜美的果实。不要再抱怨成功为什么从来都不青睐于你，先想一想，你是否做到了从细微之处着眼，从小事一点一滴做起？

冷面杀手斯塔申斯基

接连几个月，德国慕尼黑的大街上总有一个陌生的年轻人转来转去，他看起来有些迷茫，似乎连他自己也不知道将要去往何处。他的身材有些偏瘦，脸色发黄，但令人印象最深的还是他的眼睛，那古怪、焦虑不安、游移不定的目光让人心生怜悯，总的来说，他就像是一只受到惊吓的小猫一样。

但是如果你认为他是这样的一个人，你就大错特错了。实际上，他并不是一个容易受到惊吓的人。如果认真观察他的行动或者与他进行正面接触，比如和他一起吃饭、喝酒、说话，你就会发现，他其实是一个非常坚定且善于控制自己的人，而且适应性很强。

他当然必须具有很强的适应性，不然的话，他根本不可能完成自己的任务，因为他是一个间谍。

他叫博格丹·斯塔申斯基，是一名乌克兰人，为苏联克格勃效命，他的任务是对那些流亡在西德的、对苏联怀有敌视态度的乌克兰人进行监视。乌克兰人总是希望能够独立，而且在很多乌克兰人眼中，乌克兰与苏联是两码事。在第二次世界大战期间，很多乌克兰人站到了德国人一边。

博格丹·斯塔申斯基按照苏联克格勃的指示，化身为一个名叫“莱曼”的平民百姓，带着一个苏联占领区的通行证，潜入了西德慕尼黑，对那些乌克兰人进行秘密监视，并及时把德国方面的情报汇报给苏联克格勃。

博格丹·斯塔申斯基的主要监视对象是一位流亡在西德的乌克兰政治家——

列夫·里贝特。他是《乌克兰独立报》的编辑,居住在慕尼黑的一处小房子里。博格丹·斯塔申斯基要确保对方的一举一动都在自己的掌握之中,一旦他表现出了可疑的行迹,就要马上向上级报告。

1957年9月,当博格丹·斯塔申斯基再次向他的苏联上级汇报自己在西德的监视情况的时候,那位苏联上级给他下达了一个新的命令:刺杀列夫·里贝特。

为了让他更加顺利地完成这项任务,苏联克格勃还派来一个人与他接头,给他带来了一些武器。博格丹·斯塔申斯基怀着不安的情绪来到了苏联占领军总部所在地——东柏林的卡尔斯霍斯特,在这里会见了那个从莫斯科来的克格勃人员。

那个克格勃人员并没有与他寒暄,而是开门见山地给他看了用来刺杀列夫·里贝特的武器,这个武器能够帮助博格丹·斯塔申斯基不留痕迹地将对方杀害,使调查人员不会怀疑到自己。

从表面上看,这个武器似乎没有什么杀伤力,它更像是一根金属管,直径大约1厘米,长18厘米,由三节一模一样的管子拧在一起组成的。在金属管的底部一节有一个发射栓可以点燃炸药,推动中间一节的一根金属杆,这根金属杆就会把管口的一个装有毒药的小玻璃针管撞破。像水一样的毒药以气雾的形式从金属管的前端发射出来,人若是在大约半米远的距离吸入了这种气雾,马上就会倒地身亡。而他身边的人却丝毫不会察觉,调查人员在勘察现场的时候也不会认为这其实是一次谋杀。

当然,使用这种武器的人也会有一些危险,一不小心,气雾就会被自己吸入,给身体带来极大的危害。为了避免这种情况的发生,那个克格勃人员还给了博格丹·斯塔申斯基一些药丸和解毒针管,让他在发射武器之前先吞下一粒药丸,给自己做好防护。等完成任务之后,马上吸入解毒针管中的气雾,这样,即使他不小心吸入了那种毒药,也不会有什么危险。

这时，博格丹·斯塔申斯基完全明白了自己的任务——他要毫不留情地运用这种武器去杀死列夫·里贝特。

1957年10月9日，博格丹·斯塔申斯基离开了柏林，乘飞机回到了慕尼黑，开始执行刺杀任务。按照克格勃给他的详细指示，他每天早上都会吞下一粒解毒药丸，然后到卡尔斯普勒茨大街等待着列夫·里贝特的出现，因为这里是暗杀对象回家的必经之路。

然而，一直等了两天，博格丹·斯塔申斯基也没有发现列夫·里贝特的身影，正当他有些焦躁的时候，第三天上午十点，列夫·里贝特从电车上走了下来，朝着位于卡尔斯普勒茨大街八号他的寓所走了过去。

博格丹·斯塔申斯基立即警惕了起来，从他的衣服口袋里把那件被严严实实地包裹在一张报纸里的武器拿了出来，握在手中，向着那个毫无防备之心的猎物跑了过去。当他离列夫·里贝特只有不到60厘米的时候，他举起武器冲着对方的脸开了火。列夫·里贝特睁大眼睛看着他，似乎不敢相信此刻发生在自己身上的一切。很快，列夫·里贝特的身体就轻轻地倒在了地上，就像一片树叶一样，悄无声息，既没有响声，也没有惊叫声，甚至连血都没有。

看到自己的刺杀行动已经得手了，博格丹·斯塔申斯基立刻转身从列夫·里贝特身边迅速地跑开了。在一个隐蔽的角落，他把解毒针管弄破，吸入了里面的气雾，然后把那个杀人于无形的武器扔进了旁边的一条河里。

博格丹·斯塔申斯基被世界间谍界称为“冷面杀手”，在他的间谍生涯中，曾经无数次重复过这样的场景。他很少有失手的时候，在他的刺杀名单中，有许多赫赫有名的人物，乌克兰民族主义者斯捷潘·班德拉就是其中一个。人们一直以为斯捷潘·班德拉如同列夫·里贝特一样是意外死亡，直到很多年以后，才知道他们都是被博格丹·斯塔申斯基这个冷面间谍杀害的。

古语云：工欲善其事，必先利其器。博格丹·斯塔申斯基很少徒手或者用枪去刺杀自己的目标对象，他善于利用武器，比如文中所说的那种“气雾杀人针”，就在他的间谍生涯中发挥了巨大的作用。

悟理

任何一个人来到这个世界上，都不会为了失败而来，人人都希望获得幸福与成功。因此，不管我们所面对的道路是如何坎坷，前方有多少磨难挫折，我们都要保持积极乐观的心态，做自己情绪的主人，微笑着面对一切。只有这样，成功才会离我们更进一步。

透视导弹基地的“开罗之眼”

铜墙铁壁一般的导弹基地对他来说如入无人之境，被视为绝密的敏感话题在他面前不再讳莫如深，只要手里有一架望远镜，他就能够肆意窥探军事重地的每一个角落，人来人往的跑马场也能成为绝密情报的交流地。他就是摩萨德间谍史上的传奇人物——沃尔夫冈·罗茨。在埃及秘密潜伏的那些年，罗茨曾多次出没在军事要地，为以色列情报部门搜集了许多珍贵的情报，同事们都称他为“开罗之眼”。

1961年7月6日，以色列研究的第一枚火箭试射成功。以色列上上下下都为此而备受鼓舞。可是没等他们高兴多久，埃及人就给了他们一个重击——一年之后，埃及连续发射了四枚火箭！以色列人对此惊恐不已：埃及人竟然能够这么迅速地跟进并且超越自己，而他们对此却丝毫没有察觉！为了弄清楚这件事，以色列情报部门派罗茨潜入开罗的导弹基地，搞清埃及的火箭计划。

1961年初，罗茨以跑马场老板的身份来到了开罗，他想在尼罗河畔建立一个阿拉伯纯种马饲养基地和马术中心。罗茨首先拜访了兼任格齐拉骑士俱乐部的名誉主席、亚历山大市警察局局长尤素福将军，在这位将军的帮助下，他只用了短短半年时间就混入了埃及的上流社会。不仅如此，他还与一名德裔美国女子瓦尔特劳德一见钟情，走进了婚姻殿堂。罗茨对妻子坦白了自己的间谍身份，瓦尔特劳德表示理解，后来还帮了他的大忙。

罗茨投入巨资为格齐拉骑士俱乐部引进了几匹阿拉伯纯种马，还特意聘请了教练来训练这些马。每天早上，罗茨都会来到马术中心，拿着望远镜观察不远处的军事基地，别人还以为他在观察教练是怎么驯马的呢。通过望远镜，他观察到了关于开罗军事基地的大量信息。

军官们经常来到格齐拉骑士俱乐部骑马，时间长了，与罗茨夫妇的关系越来越熟络。一次，在闲聊的时候，罗茨向他们大吐苦水："我打算再培养几个良种，可是到现在也没有自己的马厩，不知道买了马以后放到哪里。"有个军官建议他可以放到阿巴希军营的马厩里，这当然正中罗茨的下怀，但他并没有表现得过于兴奋，而是故意问道："这样的确很好，只是我就不能随时看马了。"那名军官笑了起来："这不是什么难题，我给你和你太太办个通行证就可以了！"

就这样，罗茨轻而易举地获得了绝密军事基地的通行证。后来，他们夫妇二人在军方的带领下几乎走遍了军事基地的每个角落。自然，一份份情报也不停地发往了以色列。

在家里举行派对，是罗茨搜集有用信息的一个重要途径。罗茨与排犹分子冯·雷斯就是在派对上认识的。冯·雷斯的年纪不小了，上司认为他已经没有多大用处了，就把他搁置在埃及，他也没有什么事情可做，每天只是无聊地打发日子。在别人看来，从这样的人身上似乎得不到什么情报，可是罗茨却不这样认为，他一边忍受着冯·雷斯没完没了地唠叨曾经的过往，一边通过他认识一些德国的导弹专家。他告诉自己的妻子："对在埃及的德国导弹专家进行监视，这个行动的意义不亚于搜集有关飞机及导弹生产情况的准确情报。对于一个间谍来说，情报搜集范围应该是越广泛越好，不管是军事情报还是关于幕后的政治新闻，都包括在这个范围之内。"罗茨的这种迂回战术的效果十分显著，他很快就认识了很多来自德国的飞机和导弹研制专家。

过了一段时间，罗茨夫妇购买了位于尼罗河三角洲的一个牧场。之所以会买下这个牧场，是因为它离埃及的一个火箭试验场很近，试验场里经常进行火箭发射试验，罗茨经常站在牧场里观察火箭发射的准确时间和次数，然后把情报发给以色列的情报部门。

罗茨和妻子在牧场里修建了马厩、围栏、跑马场和一条质量很好的赛马跑道，德国专家们很快就被这里吸引了。后来，罗茨的牧场成为了他们的首要聚集地，专家们经常在休息的时间来到这儿，虽然主要目的是练习马术，但大多数时间都是在这里聊天。从他们的谈话中，罗茨捕捉到了很多情报。

埃及人一点儿也不傻，只是罗茨实在是太聪明了。在那些埃及军官和德国专家们的眼中，罗茨是一个连飞机发动机和咖啡粉碎机都分不清的人，因此，他们对这

个懵懂无知的养马富豪一点儿也不设防。罗茨从来不会对他们的工作表现出兴趣，可越是这样，他们就越愿意向他介绍这方面的知识和技术。罗茨当然不会拒绝他们的好意。就这样，在短短半年的时间里，罗茨就参观了连同试验场地在内的两个导弹发射井，了解到了有关两个飞机工厂的详细情况、在军备工业部门工作的几乎所有德国专家的详细人事安排，以及有关红海的军舰情况，另外还获悉了关于西奈半岛上全体部队和物资的运输情况，再加上其他相关政治、经济情报。不用说，这些绝密信息都被毫无保留地传送给了以色列。

作为一名出色的间谍，罗茨从来没有泄露自己的身份，那些与他交往了很久的军官、专家们对于他的真实身份始终毫无察觉。他的最终暴露是因为被埃及的安全机关测出了发报的位置。1965 年 2 月 22 日，罗茨被捕，即使这样，他也没有说出自己的真实身份，而是一口咬定自己是图谋金钱才为以色列人搜集情报。1965 年 8 月，这个为以色列效命的间谍被判处终身苦役，妻子瓦尔特劳德也被判处了三年苦役。

罗茨是个出色的间谍，对于他来说，任何渠道都能成为搜集重要情报的途径，开办家庭宴会、在跑马场与军官们套近乎、在牧场与德国专家们闲聊……他都能从他们无意中的谈话中获取到有用的信息。罗茨的高明之处还在于他的大智若愚，正是他的“懵懂无知”才骗过了埃及人，让他们对他放下戒心，坦诚相待。

智慧是人生的一种财富，在善于经商的犹太人眼里，任何东西都是有价的，都可以失而复得，只有智慧是人生无价的财富。我们要努力学习，积累更多的智慧，不断提升自己，让我们的人生时时都散发出智慧的芬芳，让这个世界充满智慧的光辉。

从王牌间谍到民族英雄

20世纪60年代，伊莱·科恩在以色列谍战史上留下了一段从富商巨贾到政治要员、从王牌间谍到民族英雄的传奇故事。

伊莱·科恩于1930年出生在埃及北部亚力山大城的犹太人社区，父母都是虔诚的犹太教徒。从小，他就表现出了惊人的记忆力，能记住大街上4小时内所有经过车辆的车牌号。1950年，他首次接触并参加了以色列一起代号为“戈什”的营救行动，主要是帮助犹太移民逃离埃及，也就是因为这次行动，科恩的沉稳机智、善于掩护自己等优点渐渐显露出来。

1957年，科恩来到以色列，最初在国防部任职，但没过多久他就厌倦了这份整天待在办公室埋头翻译的工作。此时，对他关注已久的摩萨德特工“苦行僧”找上门来。在“苦行僧”的眼里，科恩天生就是当间谍的料：坚定的犹太复国主义者，智商极高，记忆力惊人，能整段整段背诵《圣经》，熟练掌握阿拉伯语、法语和母语希伯来语，因为祖籍在叙利亚，还能说叙利亚方言。经过“苦行僧”的介绍，科恩很快加盟摩萨德，并接受了一系列严格的谍报课程训练。

1960年年底，伊莱·科恩以叙利亚富商的身份来到了阿根廷的布宜诺斯艾利斯，开始了他的间谍历程。他在布宜诺斯艾利斯潜伏了一年多的时间，获得了叙利亚大使馆武官阿明·哈菲兹的信任。1962年，当他打算转移到叙利亚首都大马士革的时候，阿明·哈菲兹还给他写了一封介绍信，正是这封介绍信把伊莱·科恩顺利地送进了叙利亚的上流社会。

到了叙利亚以后，伊莱·科恩先是创立了一家公司，并且把公司的地址选在了叙利亚总参谋部的对面。这里电视天线林立，可以十分方便地将科恩的无线电装置隐藏起来。接着，他时不时地举行大型酒会，宴请叙利亚的一些上流人士，在与他们的交往中收集各类情报信息。

伊莱·科恩还经常躲在寓所的窗帘后面观察对面的总参谋部。从 1962 年 1 月起，他注意到总参谋部来来往往的人非常频繁，而且从上到下都表现出了一副繁忙的景象，直到深夜的时候，房间里还灯火通明，情报部和作战部更是接二连三地加班工作。

经过一个月的认真观察之后，伊莱·科恩于 1962 年 2 月 12 日晚上向以色列发出了第一份情报："总参谋部最近十分繁忙，电灯连续亮了三个昼夜，部队调动非常频繁，初步可以判断出叙利亚正处于紧张的戒备状态之中，但目前还没有观察到任何要发生军事政变的迹象。叙利亚媒体上充斥着反以情绪，由此可见，他们针对的对象应该是以色列。"

后来发生的事证明伊莱·科恩的判断是非常准确的，当以色列总参谋部根据他的情报进行重点防卫部署的时候，叙利亚的大批军车正在急匆匆地开往前线。当他们开始向以色列发起进攻的时候，以色列早就做好了充分的准备，在加利利沿海山上的前沿阵地给了他们一个重重的打击！

叙利亚方面对于情报的泄露一无所知，他们根本想不到那位富商竟然是隐藏在自己身边的间谍。

伊莱·科恩的第一战取得了辉煌的胜利，从此，他搜集叙利亚政府的各种情报就更加得心应手了。

两个月后，叙利亚内部发生了一次政变，与以色列的关系进入了一个平缓时期。伊莱·科恩趁着这个机会，与他的朋友一起到前沿阵地"旅行"了一番。途中，他把沿途看到的叙利亚军事布置，比如火力点、重火力点、迫击炮型号、德国式坦克、苏联的无后坐力炮数量与位置等全都发电报传回了以色列。

1962年夏天，经过长时间的斗争以后，叙利亚国内的局势终于逐渐有所稳定，与以色列边境地区的矛盾也暂时不再那么激烈。在上级的指示之下，伊莱·科恩假借做生意的名义离开了叙利亚，以苏黎世、慕尼黑等地为中转站，辗转回到了以色列。在以色列的情报机构，伊莱·科恩以超强的记忆力写出了好几份有关叙利亚政治、经济局势和军备力量、前线补给等情况的报告，而且还仔细介绍了大马士革的一些关键人物或者政治要员的性格特征、家庭背景以及生活习惯等。

伊莱·科恩居然能够提供这么丰富、这么细致的信息，让以色列情报机构叹为观止。负责人梅厄·阿米特更是对他另眼相看，决定让他继续担当重任。

1962年12月，叙利亚与以色列的关系再度紧张起来，叙利亚以在加利利海岸的防区遭到破坏为由，对以色列的无辜渔民进行袭击。边境上充满了浓浓的火药味，伊莱·科恩的工作强度也随之加大了。

在这一时期，伊莱·科恩与叙利亚新闻界的关键人物塞夫和哈图姆上校认识了，并且成为了无话不谈的好朋友，在与他们聊天的时候，伊莱·科恩总是能够及时捕捉到一些可靠的机密情报。1963年初，伊莱·科恩从哈图姆上校那里得知，前线军队总司令哈里里上校已经将叙利亚边境的几个师牢牢控制住，正在紧锣密鼓地谋划着一场反对大马士革文官内阁的政变。

伊莱·科恩立刻把这一情报汇报给了以色列情报机构。可惜的是，以色列的情报专家们却做出了错误的判断，他们认为这只是一个谣言，不可信。然而，一个月之后，这场政变却的的确确地爆发了。而且哈图姆上校还是这次政变的中流砥柱。

以色列虽然并没有利用这次政变，但夺权行动对于伊莱·科恩来说无疑是一件好事，因为与哈图姆上校的关系密切，他得到了接触发动政变的核心领导集团的机会，从此以后，他就能够更加深入、更加广泛地了解到大量珍贵的秘密情报！

没过多久，叙利亚政局再次出现了变动，总参谋长哈里里被秘密解职，与伊莱·科恩交情匪浅的阿明·哈菲兹被任命为革命指挥部国务会议主席，后来还当上了叙利亚总统。借助阿明·哈菲兹的力量，伊莱·科恩成为当时炙手可热的政治要员。

阿明·哈菲兹对伊莱·科恩十分欣赏，还曾经提议由他做国防部长助理，让他进入国防部。但是伊莱·科恩担心身居要职更容易暴露自己的真实身份，于是婉拒了总统的提议。

拒绝当国防部长助理并不意味着他在核心圈的失宠，相反，伊莱·科恩利用自己在叙利亚建立的人脉仍然源源不断地给以色列输送秘密情报，成为以色列安插在叙利亚内部的一个王牌间谍。后来，在戈兰高地之战中，以色列军方给了他这样的评价：他提供的情报，相当于一个机械化师的兵力！

伊莱·科恩利用自己善于交际的能力，在叙利亚结识了大量的政治要员、军界高层人士，建立了一个富有价值的人脉圈，这些人不但为他提供了数不清的情报，而且还使他与叙利亚核心政治圈的关系越来越紧密，为他获取情报提供了更加便利的途径。

无论是身为王牌间谍，还是民族英雄，伊莱·科恩始终对自己的国家保持着绝对的忠诚。忠诚是人生最宝贵的品质，如果没有了忠诚，坚持也就失去了意义。我们要做一个忠诚的人，只有这样，才能保持灵魂的纯洁与真诚，才是一个“大写”的人。

“垃圾佬”竟是间谍

在联邦德国，曾经发生了一起“垃圾佬”窃密案。这起案件不但使世人倍感惊讶，就连间谍界也为之称奇，谁也没有想到，一个默默无闻的“垃圾佬”竟然也能被发展成为间谍，而且还窃取了很多价值不可估量的情报。

这名“垃圾佬”名叫施耐德，从外表上看，他有些迟钝，行动起来非常缓慢，而且穿着邋里邋遢，怎么也找不到作为间谍应有的精明与胆识，谁也不会把这样一个人与“间谍”两个字联系起来。然而，正是这个不起眼的人，却潜伏在联邦德国情报部门附近的一座美国军火库中，在长达十二年的时间里不断窃取军事机密。

这座美国军火库位于联邦德国的法尔茨，里面储藏着北约组织各种最新研究出来的秘密武器以及技术领先的电子仪器设备，戒备森严，如果没有得到准许，恐怕就连一只苍蝇都飞不进去。那么，施耐德是如何获取信息的呢？他从不以身犯险从情报部门的档案柜里搜集信息，他的情报来源很独特，是军火库的垃圾堆。

1970 年，施耐德被招聘为这座军火库的勤杂工，尽管他工作非常努力，但薪水却少得可怜，每月只有一千八百马克，这点收入只能使他们一家三口勉强糊口。拮据的生活令施耐德常常捉襟见肘，为了多赚点钱补贴家用，他经常在下班后，顺便到军火库的垃圾箱里去捡垃圾，偶尔找到一些可以卖钱的破烂儿就能让他高兴半天。时间一长，人们就给他取了个“垃圾佬”的绰号。

谁也没想到，这个笨手笨脚又老实巴交的“垃圾佬”竟然成为了民主德国情报部门眼里的“香饽饽”。他们派了一个间谍，让他乔装打扮成废品收购商，专门花大价钱收购施耐德从军火库垃圾箱里捡来的破烂儿。这对于施耐德来说可是一件好事，于是，没过多长时间，他就成为了那位废品收购商的常客。

然而有一天，当施耐德一如往常把从垃圾箱里捡来的破烂儿拿到废品收购商那里时，废品收购商却不再表示欢迎了，而是一反常态地对他说："施耐德，我必须告诉你，我想收购的不是这些破烂儿，而是含有军火库秘密、有情报价值的'破烂儿'。"

施耐德惊恐地回答道："可是，搜集那些东西是犯法的。"

废品收购商笑了笑，说道："你的意思是你不愿意干这件事，是吗？那么好吧，我只好去告发你了，虽然你自己可能不知道，但是这么长时间以来，你已经以卖破烂儿为名，向'那边'提供了不少的情报。要是这件事被政府知道的话，恐怕你的下半辈子就要在监狱里度过了！"

此时，施耐德才如梦初醒，原来这个废品收购商是一个间谍，而且还别有用心地把自己也拉上了贼船。虽然他非常不情愿，但是已经别无选择了。

废品收购商告诉他，如果能够按照要求及时交货，他每次都能得到一千马克的酬金。这可比原来他单纯出售破烂儿的收入高出一百多倍。在威逼利诱之下，施耐德终于屈服了，答应了废品收购商的要求。

从此之后，施耐德就成为了民主德国的一个间谍。他每隔两个星期就会去东柏林，把自己从军火库垃圾箱里找到的"破烂儿"用彩纸包装成礼品的样子，送到废品收购商指定的地点，然后再打电话让对方的情报人员来取。

就这样，施耐德为民主德国的谍报机关一直工作了将近十二年的时间。他从军火库垃圾箱里捡来的"破烂儿"价值非常可观。有一次，施耐德竟然在垃圾堆里找到了整整三大厚本的美国最新到联邦德国的"鹰式"地对空导弹的使用说明书和维修须知。这对于民主德国来说是可遇而不可求的。得到这份"礼品"之后，民主德国情报机关秘密地授予"垃圾佬"一枚银质勋章，还发给了他一大笔奖金。

但是，荣誉和金钱并没有使施耐德得到一丝宁静和安慰，这位白发苍苍的老人对于这种生活已经越来越厌倦了，他希望能够恢复平静的生活。尤其是当他的妻子因病离开这个世界，女儿离家出走之后，施耐德更是迫切渴望结束这罪孽深重的间谍生涯。

然而，作为一个间谍，一旦走上了这条路，要想回头又谈何容易？在重重压力之下，施耐德只好被迫继续为民主德国的情报机关服务。

1983年，施耐德的间谍行为终于暴露了，这个可怜的老头被逮捕了。在法庭上，他对自己的罪行供认不讳。经过调查以后，联邦德国的情报机关惊讶地发现，在充当间谍十二年的时间里，施耐德向民主德国情报机关提供的秘密档案主要有北大西洋公约组织驻欧洲的兵力部署、北约国家武器弹药的库存清单、美国在西欧储存的各种导弹武器的规格、数量和使用方法，以及美国在联邦德国这个最大的军火库中的一切详细情况，几乎囊括了这座巨大的美国军火库的全部机密！等同于这座军火库对敌人丝毫不设防。这些机密的泄露给当时的北大西洋公约组织成员在军事上造成了很大的被动。

民主德国利用“垃圾佬”施耐德在美国驻联邦德国军火库内工作的便利条件，利用他几乎不会引起他人怀疑的身份和地位，窃取了很多价值极大的情报。施耐德所获得的秘密情报数量之多、质量之高，都是一般间谍根本不能与之相比的。

民主德国利用“垃圾佬”施耐德窃取美国军火库的军事机密，采用的是“顺手牵羊”这一计谋，他们利用施耐德的便利条件以及他对生活的不满引诱他成为一个间谍，为民主德国服务，从军火库的垃圾箱里搜寻“垃圾”，毫不费力地就获得了平常要花大气力才能获得的情报。

悟理

谁能想到“垃圾佬”也能成为间谍？然而民主德国却从这个“垃圾佬”身上发现了价值，打开了美国军火库的缺口。条条大路通罗马，同样，解决问题也可能有多种方法。只要你善于思考、勤于思考，总能找到最合适的一种。

身怀六甲的总统候选人

1977年7月，齐亚·哈克率领巴基斯坦武装部队进行了“不流血的政变”，逮捕了包括阿里·布托总理在内的巴基斯坦人民党全部政治领导人，随后接管了国家政权，齐亚·哈克成为了实际统治者，他对巴基斯坦进行了军事管制，并且先后废止了国家宪法以及人民的基本权利。

巴基斯坦人民党虽然受到了镇压，领导人佐·阿·布托也被齐亚·哈克迫害而死，但依然没有放弃反抗。在布托夫人和女儿贝·布托的领导下，巴基斯坦人民党继续进行着不屈不挠的反抗斗争，他们反对齐亚·哈克的独裁统治，要求重新恢复1973年宪法，一直持续了十一年的时间，始终坚持不懈，最终赢得了人民的广泛支持。

1988年，迫于国内外日益强大的舆论压力以及国内愈演愈烈的群众抗议斗争，齐亚·哈克不得不宣布举行大选。大选的时间定在了这一年的九月份。

巴基斯坦人民党经过十一年的不懈斗争终于看到了一丝黎明前的曙光，他们为此兴奋不已。可是，就在这个关键时刻，一家媒体曝出了巴基斯坦人民党领袖贝·布托已经身怀六甲的消息。

对于一个普通家庭来说，生儿育女是一件非常幸福而且再自然不过的事情，可是，在残酷的党派斗争之中，如果领导人怀孕，那就会成为能够左右时局的严重政治问题。贝·布托为自己多年来坚持斗争所获得的成果感到欣慰不已，但同时也为自己不合时宜的怀孕而万分担忧。大选预定在九月份举行，然而自己的预产期也是九月份。到那时，她不可能到全国各地去发表竞选演讲，甚至不方便参与其他的社会活动，这意味着她十一年来的斗争有可能会化为子虚乌有。

这该怎么办呢？为了解决这个难题，贝·布托真是伤透了脑筋。她想，最好的方法就是让大选改期进行，避开自己的生产日期。如今齐亚·哈克还不知道自己的确切产期，那么，能不能利用这一点想想办法，诱导他改变大选日期呢？

齐亚·哈克听说贝·布托有身孕的消息之后，简直比贝·布托本人还要高兴。他想，只要自己凭借手里的大权，把大选的时间改在贝·布托的产期，那么，自己就能够不费吹灰之力战胜她，在大选中成为胜利者。于是，他迫切地希望弄清楚贝·布托的产期。

第二天，齐亚·哈克派了一个间谍到贝·布托公开露面的地方进行窥探，打听一些有用的信息。但是贝·布托早就料到齐亚·哈克会有这么一手，于是提前做好了准备，把自己的腰束了起来，还特意穿了一件非常宽松的裙子，就算齐亚·哈克的间谍有通天的本事也看不出来她到底已经怀孕几个月了。

打探了很久，齐亚·哈克派出的间谍也没有得到一丁点信息，无奈的他只好回去向齐亚·哈克如实汇报。齐亚·哈克听到了间谍的报告之后，十分气恼，他恶狠狠地把那个间谍痛骂了一顿，然后愤愤地想：我的手下有这么多间谍，我就不信他们连这点消息都搞不到！于是，他吩咐自己的手下用尽一切手段、不惜任何代价打听贝·布托的产期，不然就要对他们进行严厉的惩罚！

手下们一听，这件事跟自己的前途相关，这可了不得了！于是，他们八仙过海，各显神通，想了无数的办法。

一天晚上，贝·布托在卧室里进行孕期运动的时候，忽然发现床上一个不起眼的角落里有一个黑色的小玩意，她立刻意识到那一定是齐亚·哈克的间谍们偷偷在自己家里安装的窃听器，于是就向丈夫使了一个眼色，让他保持沉默，不要说话。接着，她温柔地对丈夫说道："亲爱的，这段时间你真是太辛苦了。不过我们的考验还没有结束，以后你还要受累，恐怕要到大选结束，我们才能轻松下来。可是，要是齐亚·哈克把大选推迟到十一月那就完蛋了，那个时候我们的孩子就要降生了，我就没有办法参加大选了，这该怎么办呢？希望老天不会这么捉弄我！”

她的丈夫马上就领会了她的意思，于是柔声安慰道：“亲爱的，不要再担心了，齐亚怎么可能会知道我们的孩子会在十一月的时候来到这个世界呢？他一定会按照预定的日期举行大选的，放心吧，我们一定会成功！”

此时，窃听器那一端的间谍听到了这段对话以后，高兴得快要跳起来了。这么难弄的情报都尽在自己的掌握之中，以后升官发财一定没有问题。于是，他迫不及待地把这段录音送到了齐亚·哈克那里。齐亚·哈克得知这个消息后，自然兴奋不已。他马上对外宣布，由于特殊情况，大选时间要推迟两个月，改在十一月中旬举行。

齐亚·哈克还在为自己的计谋得逞而沾沾自喜，殊不知，自己已经中了贝·布托设下的圈套。到了九月份，贝·布托如期产下了一个白白胖胖的儿子。儿子的诞生不但没有影响贝·布托的竞选活动，反而使她有更充足的动力去参加十月中旬开始的竞选活动。贝·布托产后只休息了二十多天，就与自己的母亲、丈夫一起并肩投入了热火朝天的竞选活动之中。

贝·布托的成功之处在于她能够聪明地识破齐亚·哈克的诡计，并且将计就计，利用被发现的窃听器，与自己的丈夫一起演了一出好戏，以假乱真地麻痹了敌人，给齐亚·哈克传递了错误的信息，使齐亚·哈克把大选日期改在了对自己更加有利的时间。

贝·布托运用自己的智慧巧妙地打败了对手，由此可见，智慧的价值有多大。与智慧同行，成功才会常伴我们左右。没有智慧的世界是苍白无力的，没有智慧的人生是空洞乏味的，只有当智慧的阳光照耀着我们的时候，生活才会变得充实而又美好。用智慧在我们人生的每一页都写下希望，让智慧照亮我们前行的道路吧。

伸向IBM的黑手

IBM 是世界上鼎鼎有名的企业，它历史悠久，对于计算机行业产生了举足轻重的影响。当然，它的对手也数不胜数，许多电脑公司都在暗中窥视着它的动向，甚至不惜一切代价去盗取 IBM 的商业机密。其中，最引人注目的一件，就是发生于 1980 年的一场工业间谍案。

1980 年 11 月 20 日，放在 IBM 公司总部保险柜里的一份关于电子计算机软件设计的文件竟然不翼而飞了！这份文件涉及公司里的重要机密，因此，老板非常重视，责令负责保卫工作的理查德·卡拉汉尽快调查。

卡拉汉曾经在联邦调查局当过侦探，是一个反间谍高手，可是这次失窃事件却令他手足无措。他明察暗访了一年多，都没有找到任何线索。正在这时，卡拉汉的朋友佩里前来拜访他，给他带来了一份特殊的礼物——被盗走的最新电子计算机 IBM3081K 的设计手册的复印件！

这份“礼物”让卡拉汉眼前一亮，他立刻向佩里询问这份资料的来源，于是佩里将事情的来龙去脉告诉了他：原来，佩里访日的时候，受到了日立公司的款待。吃饭的时候，日立公司的主任工程师林建治向他展示了这份文件，并且表示想获取此机型的全部资料。佩里一听，十分生气，于是就把这份文件骗到手，回国后交给卡拉汉，让卡拉汉想办法对付日本人。

第二天，卡拉汉来到了格莱曼公司，这家公司其实是联邦调查局的一家机构，主要任务是保护美国尖端技术，同时也负责侦破本地区科技资料被盗案件。卡拉汉向负责人阿兰·加连特逊汇报了日立公司盗窃 IBM 公司重要文件的情况。加连特逊听了以后非常气愤，立即召开会议商量对策，在会上，他们精心设计了一套瓮中捉鳖的连环计。

一周后，佩里邀请林建治到美国游玩，林建治欣然答应。佩里还特意为他举办了接风宴，化名为“哈里逊”的加连特逊和伪装成其助理的卡拉汉也出现在了宴会上。林建治得知哈里逊能够帮他以后，就提出了日立公司的要求：获得 IBM 公司最新产品的情报和资料，安排技术人员参观 IBM3380 电子计算机系统。为此，日立公司愿意支付五万美金的酬劳。哈里逊答应了林建治的要求，并提出要他们必须先支付现金。

林建治想了想，勉为其难地答应了，但要求哈里逊必须尽快安排参观 IBM3380 电子计算机系统，还把驻旧金山办事处的主任工程师成濑的名片给了哈里逊，让他直接联系这个人。

几天后，哈里逊就打电话给成濑，约好带他去参观最先引进了 IBM3380 电子计算机系统的普拉特·惠特尼公司的时间。第二天，他们就开车来到了普拉特·惠特尼公司，一名员工带他们来到一个隐秘的地下室，告诉他们这就是 IBM3380 电子计算机系统，成濑赶紧掏出了照相机手忙脚乱地从不同角度开始拍照。

哈里逊一看，心里高兴极了，因为现在成濑的一举一动都已经被他用微型摄像机录了下来。

这件事办成以后，哈里逊就成了日立公司的情报来源，日立公司各部门人员纷纷找哈里逊订购自己需要的情报信息，对此，哈里逊来者不拒，他在等待时机成熟，好一举收网。

1982 年 2 月 7 日，林建治又与哈里逊相约见面，向他提出了新要求：“哈里逊先生，我们公司希望尽快得到 IBM3081K 电子计算机设计思想的全部资料，你能帮助我们吗？”

哈里逊当然答应了他的要求，谎称IBM 公司里有两名即将退休的高级人员，能够弄到一些绝密文件，但条件是日立公司除了支付巨额酬金之外，还要派与他们地位相当的人物进行洽谈。

日立公司果然上了当。两个月以后，林建治安排日立公司神奈川工厂的厂长中泽喜三郎博士飞到了美国，与哈里逊和卡拉汉接头。卡拉汉想通过中泽喜三郎了解参与这一阴谋的其他人，于是就请他画了一张组织结构图，中泽喜三郎没有识破他们的计谋，按照要求做了。

这之后，日立公司软件工厂计划部的工程师大西勋也来找哈里逊购买情报。哈里逊都答应了，并开出了很高的价码。到此为止，日立公司盗窃美国 IBM 公司技术的主要负责人都已经尽在联邦调查局的掌控之中，加连特逊觉得时机已经成熟，于是就命令部下开始收网，将日立公司的人一网打尽。

6 月 22 日，以林建治为首的三个日本人应邀来到“格莱曼公司”，与哈里逊进行交易。他们走向哈里逊的办公室，办公室的门四敞大开着，似乎正在等待着他们的到来。他们刚踏进办公室，就听见大门“砰”的一声关上了，几个警察蜂拥而上，给他们戴上了手铐。

这时，加连特逊才缓缓地从办公室套间里走出来。看到他以后，林建治立刻向他求救：“哈里逊先生，你快来给他们解释一下，他们一定对我们有什么误会！”加连特逊走到林建治面前，把一张逮捕证拿给他看：“林建治先生，现在你应该明白了，这不是误会。”

林建治这时才恍然大悟，原来，自己中了加连特逊的计！

1983 年 2 月，日立公司盗窃 IBM 核心技术一案在旧金山开庭。经审理后，法官判处林建治罚金一万美元，判处日立软件工程师罚金四千美元，判处日立公司罚金一万美元。虽然相对于 IBM 公司的损失来说，这些罚金是微不足道的，但却证明了日立公司犯有窃取商业机密的罪行。在法律的主宰之下，这场美日历史上最大的工业间谍案终于完美地落下了帷幕。

加连特逊与卡拉汉以自己作为“诱饵”，引诱盗窃IBM公司核心技术的日立公司相关负责人上钩，摸清了他们的底细，搜集了足够的证据，使他们的罪行尽在自己的掌握之中，最终用一招“瓮中捉鳖”，把他们一网打尽。日立公司的人此时也已经无处遁逃，只能乖乖伏法了。

悟理

孟子有云：“生，我所欲也；义，亦我所欲也。二者不可得兼，舍生而取义者也。”加连特逊也是如此，为了维护本国的核心技术，他冒着被识破的危险，与对手接洽，最终出色地保卫了国家利益。我们同样需要这种精神，只有这种精神在每个人心中牢牢地扎根，我们的国家才有希望，我们的民族才能崛起。

时装间谍露易丝

苏隆是一位来自印度尼西亚的青年时装设计师，他不但才华横溢，而且经常表现出自己独特的创意，奇思妙想层出不穷。为了能使自己的作品成功地打入国际市场，受到世界时尚界的认可与支持，苏隆曾经深入到风景宜人的巴厘岛，在那里生活了三个月，观察岛上的少数民族姑娘所穿的奇装异服，提炼出其中的时尚元素。然后他又前往法国，考察法国宫廷古典服装的巧妙设计，经过了很长时间的思考与修改，他设计出了一系列将自然与古典融为一体的华丽服装。

他认为这一系列的设计是自己最好的作品，并且对它们拥有充足的信心，认为它们一旦亮相，必将引起世人的轰动。于是，他变卖了自己的全部家产，又向银行贷了一笔数目不小的款项，带着自己的设计来到了世界时装之都——巴黎。

按照计划，他在报纸上登载了一个广告，想招聘一名“一小时模特儿”。在法国，“一小时模特儿”指的是那种短时间服务的模特。很快，就有一些女人前来应聘，但是苏隆只看了她们一眼，就知道她们根本不适合自己的衣服，更不可能穿出衣服的韵味。因为她们看上去老练成熟，与他的设计所要展现的风格一点儿也不相符。

在此之前，苏隆就听说巴黎是“全球时装间谍之都”，来自世界很多国家的设计师都派出“时装间谍”潜伏在巴黎，伺机获取情报，企图窃取别人的劳动成果。因此，在巴黎的时装大厅里，人们只能用眼睛看，禁止用笔描绘，照相机之类的拍摄工具更是不准带进来。但尽管有这样那样的规定，却仍然防不胜防。时装间谍们总是能够想出各种各样的方法来窃取情报，有的人手腕上戴着手表照相机，乍一看好像是一个外观独特的手表，但是只要轻轻地把袖子一提，装作看“表”的样子，模特身上穿着的时装就会被毫无察觉地拍摄下来。还有一些女时装间谍，独出心裁地利用自己带的各种配饰，比如把微型相机固定在帽子上，用几朵花将其伪装起来，需要的时候只要动一动那几朵小花，最新款式的时装样式就被拍到了相机中。

因此，苏隆对这些时装间谍早就有所警惕，他担心来应聘的人也会暗藏微型照相机，神不知鬼不觉地“抄袭剽窃”他费尽心机的得意之作，所以对那些“一小时模特儿”都进行了仔细的检查。

距离服装展出只剩一天了，苏隆还是没有找到合适的模特儿，他就像热锅上的蚂蚁，开始有些焦躁不安。“无论如何，今天一定要找到一个合适的模特儿，如果服装不能如期展示，那么自己的心血就付之东流了。”他心想。

这天上午，有一个女孩找到了苏隆，她说：“苏隆先生，我在报纸上看到了你的招聘广告，我想试一下，可以吗？”

一看到这个女孩，苏隆立刻眼前一亮。她大约十八九岁，长着一张娃娃脸，看起来既天真又活泼，具有巴黎少女特有的那种浪漫气质，与苏隆设计的时装的特点简直是不谋而合。

苏隆定定神，问她：“你之前做过模特儿吗？是否有过相关经验？”

女孩回答说：“我在一所大学学习服装设计，对模特这个行业一直很感兴趣，但是到目前为止还没有过做模特儿的经历，希望你能给我一个机会。”

苏隆一听，十分高兴，因为他需要的正是这样一个人。再观察她的言行举止，苏隆更加满意了：她看起来就像是一个孩子，待人接物处处表现出了孩子的笨拙与幼稚。而且她刚刚接触模特儿这个行业，苏隆相信，这个姑娘与时装间谍肯定不沾边，更别说使用伪装成自来水笔、打火机甚至发夹的微型摄影机来窃取情报了。

苏隆心中的那块大石头终于落了下来，他录取了这个女孩子，把时装拿出来给她试穿，结果令他非常满意：这个女孩的气质与服装的特点十分契合，两者搭配起来相得益彰。接着，苏隆就对这个女孩进行了简单的培训，教给她如何展示服装亮

点的技巧等等。就这样，万事俱备，只等第二天在巴黎时装界亮相了。

解决了这个难题之后，苏隆心情非常舒畅，当天晚上，他走上巴黎街头，想欣赏一下巴黎的夜景。当他信步走到希尔顿大饭店的时候，看到那里正在举行一场新潮的夏装表演，于是就买了一张票打算入场观摩一下。最开始展示的几件时装都非常平淡，并没有什么出彩的地方，突然，观众席上发出了一阵惊叹之声，苏隆抬起头来一看，只见四套别开生面、妙不可言的时装出台了，他立刻傻眼了：这与他的设计是一模一样的，就连扣子、封边等最微小的细节都别无二致。

直到这个时候，苏隆才恍然大悟，知道自己被骗了。原来，那个看起来像孩子一样稚嫩的女孩实际上却是一个技术高超、手段多样、精明老练的时装间谍，她的名字叫露易丝，受雇于奥尔蒙特时装公司。她不但善于巧妙地伪装自己，而且还能够根据目标对象的喜好制订不同的策略。她“投其所好”，正是因为展示出了“不老练”的形象才获得了苏隆的信任。露易丝从来不使用照相机等设备，她有一双高超的“间谍眼”，任何衣服只要穿上几分钟，她就能在脑海中把全貌和所有细节都无一遗漏地“翻拍下来”。她的这一本领已经帮助她窃取了很多设计师的成果。

庄子说：“是故非以其所好笼之而可得者，无有也。”也就是说，只有迎合别人的喜好，才能得到自己想要的。露易丝之所以能够成功窃取苏隆的服装设计成果，正是因为她使用了投其所好的策略，使苏隆被她的外表所蒙蔽，对她失去了戒备之心，给了她可乘之机。

我们的生命，不管是伟大的，还是渺小的，只要把自己的能量发挥到了极致，就能够在这个世界上绽放出令人夺目的美丽光辉。谁也不能忽视你的存在，只要你愿意，只要你自信，你就是宇宙间独一无二的风景。

编后记

2011年2月间，台湾女生连恩美的一本《我，睡了，81个人的沙发》，荣登“2011台北国际书展大奖”，马英九亲授颁奖词。同年10月，南方出版社将此书引进大陆，受到年轻读者的热捧。

书中的主人公连恩美自小家境优越，功课优秀，一直因循着“25岁工作，28岁嫁人，30岁生孩子”的标准人生规划。就在她面临出国读研，还是找一份令人羡慕的理想工作选择时，她对既定的人生轨道开始迷茫，不知道自己真正想要的是什么，也意识到任何书本都无法给出她人生的答案。于是，连恩美选择睡在81个陌生人家的沙发，独自去欧洲游学14个月。一个世人眼中渺小、脆弱的女生，却以最接地气的方式迎接异域的风。“从踏进某个人家的那一刻起，这个城市对我而言就不再只是一个观光景点……我逐渐触摸到这个城市的节奏与温度。”最终，连恩美在别人的沙发上发现真实的自己，找到自己钟爱的事业。

连恩美的成长历程恰似当今莘莘学子的缩影，他们从小学、中学、大学一路走来，往往被“读书”裹挟着，成了接受知识的容器，无暇与未来“做事”相链接，临到诸如高考、大学毕业这样的关键节点就迷茫起来。庆幸的是，连恩美勇敢地做自己，如愿地找到了努力的方向。《我，睡了，81个人的沙发》作为个案，正如一座桥，沟通了“读书”与“做事”；而对应试教育环境下的当代青少年来说，此书获得了某种象征意义。这触发了我们的思索：可否让“做事”的意识前移，使“读书”与“做事”相伴成长呢？

世界上并没有两片相同的树叶，就每个独一无二的青少年而言，注重个性培养，发掘其独具的兴趣、爱好点，并从“读书”路径中伴生出我们所期待的“做事”的富矿。“少年心事当拿云。”“少年强则国强。”青少年心存高远地去做关乎中华民族繁荣昌盛之事，这正是我们国家未来的希望所在。“中国青少年智慧阅读书系”便是基于励志、“做事”这样的初衷而策划的。

丛书采撷古今中外的政治家、军事家、说辩家、探险家、谍报家、推销大师在追寻梦想、成就伟业的过程中，在应对难于逾越的困境、挫折和坎坷时，以其卓越的谋略、智谋破解前路迷障，彰显大家本色和智慧炫彩的故事。有人说，智慧就像一把洒在汤里的盐，找不到摸不着，现在我们之所以聚焦世界历史进程中的风云人物，且定格于包含智慧内核的华彩故事，就是希望给青少年一个观察人类的宝贵智力遗产的制高点，品尝到生命中智慧盐的味道，触发并激励青少年立志于“做事”，勇于做有益于国家、民族，乃至于全人类的大事业，书写一个顶立于世间的大写的“人”。

这是一套励志成功的书，也是一套挫折教育的书。丛书中的时代精英在探索前行的路途中，不可或缺的是那一份家国的责任感，建功立业的雄心，百折不回的意志，滴水石穿的积累，一时的隐忍换得机遇的克制，参透人情、洞察世态的眼力……正如获得一个世界冠军需要上百种因素复合作用一样，成功的“做事”又何尝不是如此呢？

与此同时，我们也应当看到，作为智慧之光的谋略、智谋等，不是教训，也不是公式，更不是放之四海而皆准的真理，它只是给青少年“做事”提供了参考的范本和思考的空间。那些精妙的思维方式，对于打破陈旧、呆滞的思维定势，提升本身的“做事”资本，有着极为重要的意义。作为大有可为的青少年读者，既要珍惜这种人类共同的财富，也要学会健康地取用谋略。为此，在每一则故事，便特意附加“炼智”和“悟理”的板块。相信这样精心的设置能够引导青少年准确地领略故事的风采，把握谋略的精髓；从不同的角度悟得自己立身处世、搏击风雨、应变万千的准则。这不仅是一种鲜活的阅读体验，更是一次提升自我、丰富智慧的身心之旅。在品读谋略中，点亮智慧人生。